Marcel
Schwob

Le Roi au masque d'or

Le roi au masque d'or

À Anatole France.

Le roi masqué d'or se dressa du trône noir où il était assis depuis des heures, et demanda la cause du tumulte. Car les gardes des portes avaient croisé leurs piques et on entendait sonner le fer. Autour du brasier de bronze s'étaient dressés aussi les cinquante prêtres à droite et les cinquante bouffons à gauche, et les femmes en demi-cercle devant le roi agitaient leurs mains. La flamme rose et pourpre qui rayonnait par le crible d'airain du brasier faisait briller les masques des visages. À l'imitation du roi décharné, les femmes, les bouffons et les prêtres avaient d'immuables figures d'argent, de fer, de cuivre, de bois et d'étoffe. Et les masques des bouffons étaient ouverts par le rire, tandis que les masques des prêtres étaient noirs de souci. Cinquante visages hilares s'épanouissaient sur la gauche, et sur la droite cinquante visages tristes se renfrognaient. Cependant les étoffes claires tendues sur les têtes des femmes mimaient des figures éternellement gracieuses animées d'un sourire artificiel. Mais le masque d'or du roi était majestueux, noble, et véritablement royal.

Or le roi se tenait silencieux et semblable par ce silence à la race des rois dont il était le dernier. La cité avait été gouvernée jadis par des princes qui portaient le visage découvert ; mais dès longtemps s'était levée une longue horde de rois masqués. Nul homme n'avait vu la face de ces rois, et même les prêtres en ignoraient la raison. Cependant l'ordre avait été donné, depuis les âges anciens, de couvrir les visages de ceux qui s'approchaient de la résidence royale ; et cette famille de rois ne connaissait que les masques des hommes.

Et tandis que les ferrures des gardes de la porte frémissaient et que leurs armes sonores retentissaient, le roi les interrogea d'une voix grave :

– Qui ose me troubler, aux heures où je siège parmi mes prêtres, mes bouffons et mes femmes !

Et les gardes répondirent, tremblants :

– Roi très impérieux, masque d'or, c'est un homme misérable, vêtu d'une longue robe ; il paraît être de ces mendiants pieux qui errent par la contrée, et il a le visage découvert.

– Laissez entrer ce mendiant, dit le roi.

Alors celui des prêtres qui avait le masque le plus grave se tourna vers le trône et s'inclina :

– O roi, dit-il, les oracles ont prédit qu'il n'est pas bon pour ta race de voir le visage des hommes.

Et celui des bouffons dont le masque était crevé par le rire le plus large tourna le dos au trône et s'inclina :

– O mendiant, dit-il, que je n'ai pas encore vu, sans doute tu es plus roi que le roi au masque d'or, puisqu'il est interdit de te regarder.

Et celle des femmes dont la fausse figure avait le duvet le plus soyeux joignit ses mains, les écarta et les courba comme pour saisir les vases des sacrifices. Or le roi, penchant ses yeux vers elle, craignait la révélation d'un visage inconnu.

Puis un désir mauvais rampa dans son cœur.

– Laissez entrer ce mendiant, dit le roi au masque d'or.

Et parmi la forêt frissonnante des piques, entre lesquelles jaillissaient les lames des glaives comme des feuilles éclatantes d'acier, éclaboussées d'or vert et d'or rouge, un vieil homme à la barbe blanche hérissée s'avança jusqu'au pied du trône, et leva vers le roi une figure nue où tremblaient des yeux incertains.

– Parle, dit le roi.

Le mendiant répliqua d'une voix forte :

– Si celui qui m'adresse la parole est l'homme masqué d'or, je répondrai, certes ; et je pense que c'est lui. Qui oserait, avant lui, élever la voix ? Mais je ne puis m'en assurer par la vue – car je suis aveugle. Cependant je sais qu'il y a dans cette salle des femmes, par le frottement poli de leurs mains sur leurs épaules ; et il y a des bouffons, j'entends des rires ; et il y a des prêtres, puisque ceux-ci chuchotent d'une façon grave. Or les hommes de ce pays m'ont dit que vous étiez masqués ; et toi, roi au masque d'or, dernier de ta race, tu n'as jamais contemplé des visages de chair. Écoute : tu es roi et tu ne connais pas les peuples. Ceux-ci sur ma gauche sont les bouffons – je les entends rire ; ceux-ci sur ma droite sont les prêtres, – je les entends, pleurer ; et je perçois que les muscles des visages de ces femmes sont grimaçants.

Or le roi se tourna vers ceux que le mendiant nommait bouffons, et son regard trouva les masques noirs de souci des prêtres ; et il se tourna vers ceux que le mendiant nommait prêtres, et son regard trouva les masques ouverts de rire des bouffons ; et il baissa les yeux vers le croissant de ses femmes assises, et leurs visages lui semblèrent beaux.

– Tu mens, homme étranger, dit le roi ; et tu es toi-même le rieur, le pleureur, et le grimaçant ; car ton horrible visage, incapable de fixité, a été fait mobile afin de dissimuler. Ceux que tu as désignés comme les bouffons sont mes prêtres, et ceux que tu as désignés comme les prêtres sont mes bouffons. Et comment pourrais-tu juger, toi dont la figure se plisse à chaque parole, de la beauté immuable de mes femmes ?

– Ni de celle-là, ni de la tienne, dit le mendiant à voix basse, car je n'en puis rien savoir, étant aveugle, et toi-même tu ne sais rien ni des autres ni de ta personne. Mais je suis supérieur à toi en ceci : je sais que je ne sais rien. Et je puis conjecturer. Or peut-être que ceux qui te paraissent des bouffons pleurent sous leur masque ; et il est possible que ceux qui te semblent des prêtres aient leur véritable visage tordu par la joie de te tromper ; et tu ignores si les joues de tes femmes ne sont pas couleur de cendre sous la soie. Et toi-même, roi masqué d'or, qui sait si tu n'es pas horrible malgré ta parure ?

Alors celui des bouffons qui avait la plus large bouche fendue de gaieté poussa un ricanement semblable à un sanglot ; et celui des prêtres qui avait le front le plus sombre dit une supplication pareille à un rire nerveux, et tous les masques des femmes tressaillirent.

Et le roi à la figure d'or fit un signe. Et les gardes saisirent par les épaules le vieil homme à la figure nue et le jetèrent par la grande porte de la salle.

La nuit se passa et le roi fut inquiet pendant son sommeil. Et le matin il erra par son palais, parce qu'un désir mauvais avait rampé dans son cœur. Mais ni dans les salles à coucher, ni dans la haute salle dallée des festins, ni dans les salles peintes et dorées des fêtes, il ne trouva ce qu'il cherchait. Dans toute l'étendue de la résidence royale il n'y avait pas un miroir. Ainsi l'avait fixé l'ordre des oracles et l'ordonnance des prêtres depuis de longues années.

Le roi sur son trône noir ne s'amusa pas des bouffons et n'écouta pas les prêtres et ne regarda pas ses femmes : car il songeait à son visage.

Quand le soleil couchant jeta vers les fenêtres du palais la lumière de ses métaux sanglants, le roi quitta la salle du brasier, écarta les gardes, traversa rapidement les sept cours concentriques fermées de sept murailles étincelantes, et sortit obscurément dans la campagne par une basse poterne. Il était tremblant et curieux. Il savait qu'il allait rencontrer d'autres visages, et peut-être le sien. Dans le fond de son âme, il voulait être sûr de sa propre beauté. Pourquoi ce misérable mendiant lui avait-il glissé le doute dans la poitrine ?

Le roi au masque d'or arriva parmi les bois qui cerclaient la berge d'un fleuve. Les arbres étaient vêtus d'écorces polies et rutilantes. Il y avait des fûts éclatants de blancheur. Le roi brisa quelques rameaux. Les uns saignaient à la cassure un peu de sève mousseuse, et l'intérieur restait marbré de taches brunes ; d'autres révélaient des moisissures secrètes et des fissures noires. La terre était sombre et humide sous le tapis varicolore des herbes et des petites fleurs. Le roi retourna du pied un gros bloc veiné de bleu, dont les paillettes miroitaient sous les derniers rayons ; et un crapaud en poche molle s'échappa de la cachette vaseuse avec un tressaut effaré.

À la lisière du bois, sur la couronne de la berge, le roi émergeant des arbres s'arrêta, charmé. Une jeune fille était assise sur l'herbe ; le roi voyait ses cheveux tordus en hauteur, sa nuque gracieusement courbée, ses reins souples qui faisaient onduler son corps jusqu'aux épaules ; car elle tournait entre deux doigts de sa main gauche un fuseau très gonflé, et la pointe d'une quenouille épaisse s'effilait près de sa joue.

Elle se leva interdite, montra son visage, et, dans sa confusion, saisit entre ses lèvres les brins du fil qu'elle pétrissait. Ainsi ses joues semblaient traversées par une coupure de nuance pâle.

Quand le roi vit ces yeux noirs agités, et ces délicates narines palpitantes, et ce tremblement des lèvres, et cette rondeur du menton descendant vers la gorge caressée de lumière rose, il s'élança, transporté, vers la jeune fille et prit violemment ses mains.

– Je voudrais, dit-il, pour la première fois, adorer une figure nue ; je voudrais ôter ce masque d'or, puisqu'il me sépare de l'air qui baise ta peau ; et nous irions tous deux émerveillés nous mirer dans le fleuve.

La jeune fille toucha avec surprise du bout des doigts les lames métalliques du masque royal. Cependant le roi défit impatiemment les crochets d'or ; le masque roula dans l'herbe, et la jeune fille, tendant les mains sur ses yeux, jeta un cri d'horreur.

L'instant d'après elle s'enfuyait parmi l'ombre du bois en serrant contre son sein sa quenouille emmaillotée de chanvre.

Le cri de la jeune fille retentit douloureusement au cœur du roi. Il courut sur la berge, se pencha vers l'eau du fleuve, et de ses propres lèvres jaillit un gémissement rauque. Au moment où le soleil disparaissait derrière les collines brunes et bleues de l'horizon, il venait d'apercevoir une face blanchâtre, tuméfiée, couverte d'écailles, avec la peau soulevée par de hideux gonflements, et il connut aussitôt, au moyen du souvenir des livres, qu'il était lépreux.

La lune, comme un masque jaune aérien, montait au-dessus des arbres. On entendait parfois un battement d'ailes mouillées au milieu des roseaux. Une traînée de brume flottait au fil du fleuve. Le miroitement de l'eau se prolongeait à une grande distance et se perdait dans la profondeur bleuâtre. Des oiseaux à la tête écarlate froissaient le courant par des cercles qui se dissipaient lentement.

Et le roi, debout, gardait les bras écartés de son corps, comme s'il avait le dégoût de se toucher.

Il releva le masque et le plaça sur son visage. Semblant marcher en rêve, il se dirigea vers son palais.

Il frappa sur le gong, à la porte de la première muraille, et les gardes sortirent en tumulte avec leurs torches. Ils éclairèrent sa face d'or ; et le roi avait le cœur étreint d'angoisse, pensant que les gardes voyaient sur le métal des écailles blanches. Et il traversa la cour baignée de lune ; et sept fois il eut le cœur étreint de la même angoisse aux sept portes où les gardes portèrent les torches rouges à son masque d'or.

Cependant la peine croissait en lui avec la rage, comme une plante noire enroulée d'une plante fauve. Et les fruits sombres et troubles de la peine et de la rage vinrent sur ses lèvres, et il en goûta le suc amer.

Il entra dans le palais, et le garde à sa gauche tourna sur la pointe d'un pied, ayant l'autre jambe étendue, en se couronnant avec un cercle lumineux de son sabre ; et le garde à sa droite tourna sur la pointe de l'autre pied, ayant étendu sa jambe opposée en se coiffant d'une pyramide éblouissante par de rapides tourbillons de sa masse diamantée.

Et le roi ne se souvint même pas que c'étaient les cérémonies nocturnes ; mais il passa en frissonnant, ayant imaginé que les hommes d'armes voulaient abattre ou fendre sa hideuse tête gonflée.

Les halles du palais étaient désertes. Quelques torches solitaires brûlaient bas dans leurs anneaux. D'autres s'étaient éteintes et pleuraient des larmes froides de résine.

Le roi traversa les salles des fêtes où les coussins brodés de tulipes rouges et de chrysanthèmes jaunes étaient encore épars, avec des balanceuses d'ivoire et des sièges mornes d'ébène rehaussés d'étoiles d'or. Des voiles gommés et peints d'oiseaux à pattes diaprées, à bec d'argent, pendaient du plafond où s'enchâssaient des gueules de bêtes en bois de couleur. Il y avait des flambeaux de bronze verdâtre, faits d'une pièce, et percés de trous prodigieux laqués en rouge, où une mèche de soie écrue passait au centre de rondelles tassées d'un noir huileux. Il y avait des fauteuils longs, bas et cambrés, où on ne pouvait s'étendre sans que les reins fussent soulevés, comme portés par des mains. Il y avait des vases fondus de métaux presque transparents, et qui sonnaient sous le doigt d'une manière aiguë, comme s'ils étaient blessés.

À l'extrémité de la salle, le roi saisit une torchère d'airain qui dardait ses langues rouges dans les ténèbres. Les gouttelettes flamboyantes de résine s'abattirent en frémissant sur ses manches de soie. Mais le roi ne les remarqua pas. Il se dirigea vers une galerie haute, obscure, où la résine laissa un sillon parfumé. Là, aux parois coupées de diagonales croisées, on voyait des portraits éclatants et mystérieux : car les peintures étaient masquées et surmontées de tiares. Seulement le portrait le plus ancien, écarté des autres, représentait un jeune homme pâle, aux yeux dilatés d'épouvante, le bas du visage dissimulé par les ornements royaux. Le roi s'arrêta devant ce portrait et l'éclaira en soulevant la torchère. Puis il gémit et dit : « O premier de ma race, mon frère, que nous sommes pitoyables ! » Et il baisa le portrait sur les yeux.

Et devant la seconde figure peinte, qui était masquée, le roi s'arrêta et déchira la toile du masque en disant : « Voilà ce qu'il fallait faire, mon père, second de ma race. » Et ainsi il déchira les masques de tous les autres rois de sa race, jusqu'à lui-même. Sous les masques arrachés, on vit la nudité sombre de la muraille.

Puis il arriva dans les salles des festins où les tables luisantes étaient encore dressées. Il porta la torchère au-dessus de sa tête, et des lignes pourpres se précipitèrent vers les coins. Au centre des tables était un trône à pieds de lion, sur lesquels s'affaissait une fourrure tachetée ; des verreries semblaient amoncelées aux angles, avec des pièces d'argent poli et des couvercles percés d'or fumeux. Certains flacons miroitaient de lueurs violettes ; d'autres étaient plaqués à l'intérieur avec de minces lames translucides de métaux précieux. Comme une terrible indication de sang, un éclat de la torchère fit scintiller une coupe oblongue, taillée dans un grenat, et où les échansons avaient coutume de verser le vin des rois. Et la lumière caressa aussi de vermeil un panier d'argent tressé où étaient rangés des pains ronds à croûte saine.

Et le roi traversa les salles des festins en détournant la tête. « Ils n'ont pas eu honte, dit-il, de mordre sous leur masque dans le pain vigoureux, et de toucher le vin saignant avec leurs lèvres blanches ! Où est celui qui, sachant son mal, interdit les miroirs de sa maison ? Il est parmi ceux dont j'ai arraché les faux visages : et j'ai mangé du pain de son panier, et j'ai bu du vin de sa coupe… »

On arrivait par une étroite galerie pavée de mosaïque aux salles à coucher, et le roi y glissa, portant devant lui sa torche sanglante. Un garde s'avança, saisi d'inquiétude, et sa ceinture d'anneaux larges flamboya sur sa tunique blanche ; puis il reconnut le roi à sa face d'or et se prosterna.

D'une lampe d'airain suspendue au centre, une lumière pâle éclairait une double file de lits de parade ; les couvertures de soie étaient tissées avec des filaments de nuances vieilles. Un tuyau d'onyx laissait couler des gouttes monotones dans un bassin de pierre polie.

D'abord le roi considéra l'appartement des prêtres ; et les masques graves des hommes couchés étaient semblables pendant le sommeil et l'immobilité. Et dans l'appartement des bouffons, le rire de leurs bouches endormies avait juste la même largeur. Et l'immuable beauté de la figure des femmes ne s'était pas altérée dans le repos ; elles avaient les bras croisés sur la gorge, ou une main sous la tête, et elles ne paraissaient pas se soucier de leur sourire qui était aussi gracieux quand elles l'ignoraient.

Au fond de la dernière salle s'étendait un lit de bronze, avec des hauts reliefs de femmes courbées et de fleurs géantes. Les coussins jaunes y gardaient l'empreinte d'un corps agité. Là aurait dû reposer, dans cette heure de la nuit, le roi au masque d'or ; là ses ancêtres avaient dormi pendant des années.

Et le roi détourna la tête de son lit : « Ils ont pu dormir, dit-il, avec ce secret sur leur face, et le sommeil est venu les baiser au front, comme moi. Et ils n'ont pas secoué leur masque au visage noir du sommeil, pour l'effrayer à jamais. Et j'ai frôlé cet airain, j'ai touché ces coussins où s'abattaient jadis les membres de ces honteux… »

Et le roi passa dans la chambre du brasier, où la flamme rose et pourpre dansait encore, et jetait ses bras rapides sur les murs. Et il frappa sur le grand gong de cuivre un coup si sonore qu'il y eut une vibration de toutes les choses métalliques d'alentour. Les gardes effrayés s'élancèrent mi-vêtus, avec leurs haches et leurs boules d'acier hérissées de pointes, et les prêtres parurent, endormis, laissant traîner leurs robes, et les bouffons oublièrent tous les bonds d'entrée sacramentels, et les femmes montrèrent au coin des portes leurs visages souriants.

Or le roi monta sur son trône noir et commanda :

— J'ai frappé sur le gong afin de vous réunir pour une chose importante. Le mendiant a dit vrai. Vous me trompez tous ici. Ôtez vos masques.

On entendit frissonner les membres et les vêtements et les armes. Puis, lentement, ceux qui étaient là se décidèrent et découvrirent leurs visages.

Alors le roi au masque d'or se tourna vers les prêtres et considéra cinquante grosses faces rieuses avec de petits yeux collés par la somnolence ; et, se tournant vers les bouffons, il examina cinquante figures hâves creusées par la tristesse, avec des yeux sanguinolents d'insomnie ; et, se baissant vers le croissant de ses femmes assises, il ricana, — car leurs visages étaient pleins d'ennui et de laideur et enduits de stupidité.

— Ainsi, dit le roi, vous m'avez trompé depuis tant d'années sur vous-mêmes et sur tout le monde. Ceux que je croyais sérieux et qui me donnaient des conseils sur les choses divines et humaines sont pareils à des outres ballonnées de vent ou de vin ; et ceux dont je m'amusais pour leur continuelle gaieté étaient tristes jusqu'au fond du cœur ; et votre sourire de sphinx, ô femmes, ne signifiait rien du tout ! Misérables vous êtes ; mais je suis encore le plus misérable d'entre vous. Je suis roi et mon visage parait royal. Or, en réalité, voyez : le plus malheureux de mon royaume n'a rien à m'envier.

Et le roi ôta son masque d'or. Et un cri s'éleva des gorges de ceux qui le voyaient ; car la flamme rose du brasier illuminait ses écailles blanches de lépreux.

– Ce sont eux qui m'ont trompé – mes pères, je veux dire, cria le roi, qui étaient lépreux comme moi, et m'ont transmis leur maladie avec l'héritage royal. Ils m'ont abusé, et ils vous ont contraints au mensonge.

Par la grande baie de la salle, ouverte vers le ciel, la lune tombante montra son masque jaune.

– Ainsi, dit le roi, cette lune qui tourne toujours vers nous le même visage d'or a peut-être une autre face obscure et cruelle, ainsi ma royauté a été tendue sur ma lèpre. Mais je ne verrai plus l'apparence de ce monde, et je dirigerai mon regard vers les choses obscures. Ici, devant vous, je me punis de ma lèpre, et de mon mensonge, et ma race avec moi.

Le roi leva son masque d'or ; et, debout sur le trône noir, parmi l'agitation et les supplications, il enfonça dans ses yeux les crochets latéraux du masque, avec un cri d'angoisse ; pour la dernière fois, une lumière rouge s'épanouit devant lui, et un flot de sang coula sur son visage, sur ses mains, sur les degrés sombres du trône. Il déchira ses vêtements, descendit les marches en chancelant, et, écartant avec des tâtonnements les gardes muets d'horreur, il partit seul dans la nuit.

Or le roi lépreux et aveugle marchait dans la nuit. Il se heurta aux sept murailles concentriques de ses sept cours, et contre les arbres anciens de la résidence royale, et il se fit des plaies aux mains en touchant les épines des haies. Lorsqu'il entendit sonner ses pas, il connut qu'il était sur la grande route. Pendant des heures et des heures il marcha, sans même éprouver le besoin de prendre de la nourriture. Il savait qu'il était éclairé de soleil par la chaleur qui voilait son visage, et il reconnaissait la nuit au froid de l'obscurité. Le sang qui avait coulé de ses yeux arrachés couvrait sa peau d'une croûte noirâtre et sèche. Et quand il eut marché longtemps, le roi aveugle se sentit las, et s'assit au bord de la route. Il vivait maintenant dans un monde obscur et ses regards étaient rentrés en lui-même.

Comme il errait dans cette plaine sombre des pensées, il entendit un bruit de clochettes. Aussitôt il se représenta le retour d'un troupeau de brebis à laine épaisse, mené par des béliers dont la queue grasse pendait à terre. Et il tendit les mains pour toucher la laine blanche, n'ayant point honte des animaux. Mais ses mains rencontrèrent d'autres mains tendres, et une voix douce lui dit :

– Pauvre homme aveugle, que veux-tu ? Et le roi reconnut la voix charmante d'une femme.

– Il ne faut pas me toucher, cria le roi. Mais où sont tes brebis ?

Or la jeune fille qui se tenait devant lui était lépreuse, et à cause de cela portait des clochettes suspendues à ses vêtements. Mais elle n'osa pas l'avouer, et répondit en mentant :

– Elles sont un peu derrière moi.

– Où vas-tu ainsi ? dit le roi aveugle.

– Je rentre, répondit-elle, à la cité des Misérables. Alors le roi se souvint qu'il y avait, dans un endroit écarté de son royaume, un asile où se réfugiaient ceux qui avaient été repoussés de la vie pour leurs maladies ou leurs crimes. Ils existaient dans des huttes bâties par eux-mêmes ou enfermés dans des tanières creusées au sol. Et leur solitude était extrême.

Le roi résolut de se rendre dans cette cité.

– Conduis-moi, dit-il.

La jeune fille le saisit par le pan de sa manche.

– Laisse-moi te laver le visage, dit-elle ; car le sang a coulé sur tes joues depuis une semaine peut-être.

Et le roi trembla, pensant qu'elle allait avoir horreur de sa lèpre et l'abandonner. Mais elle versa de l'eau de sa gourde et lava le visage du roi. Puis elle dit :

– Pauvre, comme tu as dû souffrir de l'arrachement de tes yeux !

– Comme j'ai souffert avant, sans le savoir, dit le roi. Mais allons. Arriverons-nous ce soir à la cité des Misérables ?

-Je l'espère, dit la jeune fille.

Et elle le reconduisit en lui parlant tendrement. Cependant le roi aveugle entendait les clochettes, et, se tournant, voulait caresser les brebis. Et la jeune fille craignait qu'il ne devinât sa maladie.

Or le roi était exténué de fatigue et de faim. Elle sortit un morceau de pain de son bissac et lui offrit sa gourde. Mais il refusa, craignant de souffler le pain et l'eau. Puis il demanda :

– Vois-tu la cité des Misérables ?

– Pas encore, dit la jeune fille.

Et ils marchèrent plus loin. Elle cueillit pour lui du lotus bleu, et il le mâcha pour rafraîchir sa bouche. Le soleil s'inclinait vers les grandes rizières qui ondulaient à l'horizon.

– Voici l'odeur du repas qui monte vers moi, dit le roi aveugle. N'approchons-nous pas de la cité des Misérables ?

– Pas encore, dit la jeune fille.

Et, comme le disque sanglant du soleil tranchait encore le ciel violct, le roi se pâma de lassitude et d'inanition. À l'extrémité de la route tremblait une mince colonne de fumée parmi des toitures d'herbages. La brume des marais flottait autour.

– Voici la cité, dit la jeune fille ; je la vois.

– J'entrerai seul dans une autre, dit le roi aveugle. Je n'avais plus qu'un désir ; j'aurais voulu reposer mes lèvres sur les tiennes, afin de me rafraîchir à ta figure qui doit être si belle. Mais je t'aurais souillée, puisque je suis lépreux.

Et le roi s'évanouit dans la mort.

Et la jeune fille éclata en sanglots, voyant que le visage du roi aveugle était pur et limpide, et sachant bien qu'elle-même avait craint de le souiller.

Or de la cité des Misérables s'avança un vieux mendiant à la barbe hérissée, dont les yeux incertains tremblaient.

– Pourquoi pleures-tu ? dit-il.

Et la jeune fille lui dit que le roi aveugle était mort, après avoir eu les yeux arrachés, pensant être lépreux.

– Et il n'a point voulu me donner le baiser de paix, dit-elle, afin de ne pas me souiller ; et c'est moi qui suis véritablement lépreuse à la face du ciel.

Et le vieux mendiant lui répondit :

– Sans doute le sang de son cœur qui avait jailli par ses yeux avait guéri sa maladie. Et il est mort, pensant avoir un masque misérable. Mais, à cette heure, il a déposé tous les masques, d'or, de lèpre et de chair.

La mort d'Odjigh

À J.-H. Rosny.

Dans ce temps la race humaine semblait près de périr. L'orbe du soleil avait la froideur de la lune. Un hiver éternel faisait craqueler le sol. Les montagnes qui avaient surgi, vomissant vers le ciel les entrailles flamboyantes de la terre, étaient grises de lave glacée. Les contrées étaient parcourues de rainures parallèles ou étoilées ; des crevasses prodigieuses, soudainement ouvertes, abîmaient les choses supérieures avec un effondrement, et on voyait se diriger vers elles, dans une lente glissade, de longues files de blocs erratiques. L'air obscur était pailleté d'aiguillettes transparentes ; une sinistre blancheur couvrait la campagne ; le rayonnement d'argent universel paraissait stériliser le monde.

Il n'y avait plus de végétation, sinon quelques traces de lichen pâle sur les rochers. Les ossements du globe s'étaient dépouillés de leur chair, qui est faite de terre, et les plaines s'étendaient comme des squelettes. Et la mort hivernale attaquant d'abord la vie inférieure, les poissons et les bêtes de mer avaient péri, emprisonnés dans les glaces, puis les insectes qui grouillaient sur les plantes rampantes, et les animaux qui portaient leurs petits dans les poches du ventre, et les êtres demi-volants qui avaient hanté les grandes forêts ; car aussi loin que le regard parvenait, il n'y avait plus ni arbres ni verdure, et on ne trouvait de vivant que ce qui demeurait dans les cavernes, grottes ou tanières.

Ainsi, parmi les enfants des hommes, deux races étaient déjà éteintes ; ceux qui avaient habité dans les nids de lianes, au sommet des grands arbres, et ceux qui s'étaient retirés vers le centre des lacs dans des maisons flottantes : les forêts, bois, taillis et buissons jonchaient le sol étincelant, et la surface des eaux était dure et luisante comme la pierre polie.

Les Chasseurs de Bêtes, qui connaissaient le feu, les Troglodytes qui savaient fouir la terre jusqu'à sa chaleur intérieure, et les Mangeurs de Poisson, qui avaient fait provision d'huile marine dans leurs trous

à glaces, résistaient encore à l'hiver. Mais les bêtes devenaient rares ;
saisies par la gelée sitôt que leur museau arrivait au ras du sol, et le
bois pour faire du feu allait être épuisé, et l'huile était solide comme
un roc jaune à crête blanche.

Cependant un tueur de loups, nommé Odjigh, qui vivait dans
une tanière profonde et possédait une hache verte de jade, immense,
pesante et redoutable, eut pitié des choses animées. Étant au bord de
la grande mer intérieure dont la pointe s'étend à l'est du Minnesota,
il jeta ses regards vers les régions septentrionales où le froid semblait
s'amasser. Au fond de sa grotte glacée il prit le calumet sacré creusé
dans la pierre blanche, l'emplit d'herbes odorantes d'où la fumée
s'élève en couronnes, et souffla l'encens divin dans les airs. Les
couronnes montèrent vers le ciel et la spire grise s'inclina au Nord.

Ce fut vers le Nord que se mit en marche Odjigh, le tueur de loups.
Il couvrit sa figure d'une peau fourrée de raton percée de trous, dont
la queue en panache se balançait au-dessus de sa tête, attacha autour
de sa taille avec une lanière de cuir une poche pleine de viande sèche
hachée menu et mêlée de graisse, et, balançant sa hache de jade vert,
il se dirigea vers les nuages épais amoncelés à l'horizon.

Il passait, et autour de lui la vie s'éteignait. Les fleuves s'étaient
tus depuis longtemps. L'air opaque n'apportait que des sons étouffés.
Les masses glacées, bleues, blanches et vertes, radieuses de givre,
semblaient les piliers d'une route monumentale.

Odjigh regrettait dans son cœur le frétillement des poissons couleur
de nacre parmi les mailles des filets de fibres, et la nage serpentine des
anguilles de mer, et la marche pesante des tortues, et la course oblique
des gigantesques crabes aux yeux louches, et les bâillements vifs des
bêtes terrestres, bêtes fourrées avec un bec plat et des pattes à griffes,
bêtes vêtues d'écailles, bêtes tachetées de façon variée qui plaisait aux
yeux, bêtes amoureuses de leurs petits, ayant des sauts agiles, ou des
tournoiements singuliers, ou des vols périlleux. Et par-dessus tous les
animaux, il regrettait les loups féroces et leurs fourrures grises, et leurs
hurlements familiers, ayant accoutumé de les chasser avec la massue et
la hache de pierre, par les nuits brumeuses, à la lueur rouge de la lune.

Voici que sur sa gauche apparut une bête de tanière qui vit
profondément dans le sol, et qui se laisse tirer des trous à reculons,
un Blaireau maigre, le poil dépenaillé. Odjigh le vit et se réjouit, sans

songer à le tuer. Le Blaireau, tenant sa distance, avança de front avec lui.

Puis, sur la droite d'Odjigh sortit subitement d'un couloir glacé un pauvre Lynx aux yeux insondables. Il regardait Odjigh de côté, craintivement, et rampait avec inquiétude. Mais le tueur de loups se réjouit encore, marchant entre le Blaireau et le Lynx.

Comme il avançait, sa poche de viande battant contre son flanc, il entendit derrière lui un faible hurlement de faim. Et se retournant ainsi qu'au son d'une voix connue, il vit un Loup osseux qui suivait tristement. Odjigh eut pitié de tous ceux auxquels il avait fendu le crâne. Le Loup tirait sa langue qui fumait et ses yeux étaient rouges.

Ainsi le tueur continua sa route avec ses compagnons animaux, le Blaireau souterrain à sa gauche, et le Lynx qui voit tout sur terre à sa droite, et le Loup au ventre affamé derrière lui.

Ils arrivèrent au milieu de la mer intérieure qui ne se distinguait du continent que par la vaste couleur verte de sa glace. Et là Odjigh, le tueur de loups, s'assit sur un bloc et plaça devant lui le calumet de pierre. Et devant chacun de ses compagnons vivants, il plaça un bloc de glace qu'il creusa avec l'angle de sa hache, semblable à l'encensoir sacré où on souffle la fumée. Dans les quatre calumets il tassa les herbes odoriférantes ; puis il frappa l'une contre l'autre les pierres qui créent le feu ; et les herbes s'allumèrent, et quatre colonnes minces de fumée montèrent vers le ciel.

Or la spire grise qui s'élevait devant le Blaireau s'inclina vers l'Ouest ; et celle qui s'élevait devant le Lynx se courba vers l'Est, et celle qui s'élevait devant le Loup fit un arc vers le Sud. Mais la spire grise du calumet d'Odjigh monta vers le Nord.

Le tueur de loups se remit en route. Et, regardant à gauche, il s'attrista : car le Blaireau qui voit sous terre s'écartait vers l'Ouest ; et, regardant à droite, il regretta le Lynx, qui voit tout sur terre et qui fuyait vers l'Est. Il pensait en effet que ces deux compagnons animaux étaient prudents et avisés, chacun dans le domaine qui lui est assigné.

Néanmoins il marcha hardiment, ayant derrière lui le Loup affamé, aux yeux rouges, dont il avait pitié.

La masse de nuées froides située au Nord, semblait toucher le ciel. L'hiver devenait plus cruel encore. Les pieds d'Odjigh saignaient, coupés par la glace et son sang se gelait en croûtes noires. Mais il avançait pendant des heures, des jours, des semaines sans doute, des mois peut-être, suçant un peu de viande séchée, jetant les débris à son compagnon le Loup qui le suivait.

Odjigh marchait avec une espérance confuse. Il avait pitié du monde des hommes, des animaux, et des plantes qui périssaient, et il se sentait fort pour lutter contre la cause du froid.

Et, à la fin, sa route fut arrêtée par une immense barrière de glaces qui fermait la coupole sombre du ciel, comme une chaîne de montagnes à cime invisible. Les grands glaçons qui plongeaient dans la nappe solide de l'Océan étaient d'un vert limpide ; puis ils devenaient troubles dans leurs entassements ; et à mesure qu'ils s'élevaient, ils paraissaient d'un bleu opaque, semblable à la couleur du ciel dans les beaux jours d'autrefois : car ils étaient faits d'eau douce et de neige.

Odjigh saisit sa hache de jade vert, et tailla des marches dans les escarpements. Il s'éleva ainsi lentement jusqu'à une hauteur prodigieuse, où il lui semblait que sa tête était enveloppée de nuages et que la terre s'était enfuie. Et sur le gradin, juste au-dessous de lui, le Loup était assis et attendait avec confiance.

Lorsqu'il crut être arrivé à la crête, il vit qu'elle était formée d'une muraille bleue verticale, étincelante, et qu'on ne pouvait aller au-delà. Mais il regarda derrière lui, et il vit la bête vivante affamée. La pitié du monde animé lui donna des forces.

Il plongea sa hache de jade dans la muraille bleue, et creusa la glace. Les éclats volaient autour de lui, multicolores. Il creusa pendant des heures et des heures. Ses membres étaient jaunes et ridés par le froid. Sa poche de viande était flétrie depuis longtemps. Il avait mâché l'herbe odoriférante du calumet, pour tromper sa faim, et, soudain mécréant des Puissances Supérieures, il avait lancé le calumet dans les profondeurs avec les deux pierres à faire du feu.

Il creusait. Il entendit un grincement sec et cria : car il savait que ce bruit venait de la lame de sa hache de jade, que le froid excessif allait fendre. Alors il la souleva et, n'ayant plus rien pour la réchauffer, il l'enfonça puissamment dans sa cuisse droite. La hache verte se teignit de sang tiède. Et Odjigh creusa de nouveau la muraille bleue. Le loup, assis derrière lui, lécha en gémissant les gouttes rouges qui pleuvaient.

Et soudain la muraille polie se creva. Il y eut un immense souffle de chaleur, comme si les saisons chaudes étaient accumulées de l'autre côté, à la barrière du ciel. La percée s'élargit et le souffle fort entoura Odjigh. Il entendit bruire toutes les petites pousses du Printemps, et il sentit flamber l'Été. Dans le grand courant qui le souleva il lui sembla que toutes les saisons rentraient dans le monde pour sauver la vie générale de la mort par les glaces. Le courant charriait les rayons blancs du soleil, et les pluies tièdes et les brises caressantes et les nuages chargés de fécondité. Et dans le souffle de la vie chaude les nuées noires s'amoncelèrent et engendrèrent le feu.

Il y eut un long trait de flamme avec le fracas de la foudre, et la ligne éclatante frappa Odjigh au cœur, comme un glaive rouge. Il tomba contre la muraille polie, le dos tourné au monde vers lequel les Saisons rentraient dans le fleuve de la tempête, et le Loup affamé, montant timidement, les pattes appuyées sur ses épaules, se mit à lui ronger la nuque.

L'incendie terrestre

À Paul Claudel.

Le dernier élan de foi qui avait entraîné le monde n'avait pu le sauver. Des prophètes nouveaux s'étaient dressés en vain. Les mystères de la volonté avaient été inutilement forcés ; car il n'importait plus de la diriger, mais c'était sa quantité qui semblait décroître. L'énergie de tous les êtres vivants déclinait. Elle s'était concentrée dans un effort suprême vers une religion future, et l'effort n'avait pas réussi. Chacun se retranchait dans un égoïsme très doux. Toutes les passions étaient tolérées. La terre était comme dans une accalmie chaude. Les vices y croissaient avec l'inconscience des larges plantes vénéneuses. L'immoralité, devenue la loi même des choses, avec le dieu Hasard de la Vie ; la science obscurcie par la superstition mystique ; la tartuferie du cœur à qui les sens servaient de tentacules ; les saisons, autrefois délimitées, maintenant mélangées dans une série de jours pluvieux, qui couvaient l'orage ; rien de précis, ni de traditionnel, mais une confusion de vieilleries, et le règne du vague.

Ce fut alors que par une nuit d'électricité, le signal de dévastation parut tomber du ciel. Une tempête inconnue souffla d'en haut, engendrée par la corruption de la terre. Les froidures et les chaleurs, les clairs de soleil et les neiges, les pluies et les rayons confondus avaient fait naître des forces de destruction qui éclatèrent soudain.

Car une extraordinaire chute d'aérolithes devint visible et la nuit fut rayée par des traits fulgurants ; les étoiles flamboyèrent comme des torches, et les nuages furent des messagers de feu et la lune un brasier rouge vomissant des projectiles multicolores. Toutes choses furent pénétrées par une lumière blafarde, qui éclaira les derniers réduits, et dont l'éblouissement, bien que tamisé, donna une prodigieuse douleur. Puis la nuit qui s'était ouverte, se referma. De tous les volcans jaillirent des colonnes de cendre vers le ciel, semblables à des volutes de basalte noir, piliers d'un monde supraterrestre. Il y eut une pluie de poussière sombre en sens inverse, et un nuage émané de la terre, qui couvrit la terre.

Ainsi se passa la nuit et l'aurore fut invisible. Une tache d'un rouge obscur, gigantesque, parcourut de l'est à l'ouest la cendre du ciel. L'atmosphère devint brûlante et l'air fut piqué de points noirs qui s'attachaient partout.

Les foules étaient prosternées sur le sol, ne sachant où fuir. Les cloches des églises, couvents et monastères, sonnaient d'une façon incertaine, comme frappées par des battants surnaturels. Il y avait parfois des détonations dans les forts, où les pièces de siège tiraient des gargousses, pour essayer de dégager l'air. Puis comme le globe rouge touchait l'Occident et qu'un jour s'était écoulé, le silence général s'établit. Personne n'avait plus la force de prier ni de supplier.

Et la masse incandescente franchissant l'horizon noir, tout l'ouest du ciel s'enflamma, et une nappe de feu rétrograda sur l'ancienne route du soleil.

Il y eut une fuite devant l'incendie céleste et terrestre. Deux pauvres petits corps se laissèrent glisser le long d'une fenêtre basse et coururent éperdument. Malgré les maculations de l'air corrompu, elle était très blonde, les yeux limpides ; lui, la peau dorée, avec un rideau transparent de boucles, où les lueurs singulières promenaient des rayons violets. Ils ne savaient rien, ni l'un ni l'autre ; ils sortaient à peine des confins de l'enfance, et vivant voisins, avaient l'affection d'un frère et d'une sœur.

Ainsi, se tenant par la main, ils franchirent les rues noires, où les toits et les cheminées semblaient frottés de lumière sinistre, parmi les hommes étendus et les chevaux qui gisaient palpitants, puis les murailles extérieures, les faubourgs dépeuplés, allant vers l'est, à l'envers de la flamme.

Ils furent arrêtés par un fleuve qui barra soudain leur passage, et dont les eaux glissaient rapidement.

Mais il y avait une barque sur la rive : ils la poussèrent et s'y jetèrent, la laissant aller au courant.

La barque fut saisie à la quille par le flot, aux parois par l'ouragan et partit comme la pierre lancée d'une fronde.

C'était une très vieille barque de pêcheur, brunie et polie par le frottement, dont les tolets étaient usés à force de rames et les plats-bords luisants du passage des filets, comme l'outil primitif et honnête de la civilisation qui périssait.

Ils se couchèrent au fond, se tenant toujours les mains, et tremblants devant l'inconnu.

Et la barque rapide les emmena vers une mer mystérieuse, fuyant sous la tempête chaude qui tourbillonnait.

Ils se réveillèrent sur un océan désolé. Leur barque était entourée par des monceaux d'algues pâles, où l'écume avait laissé sa bave sèche, où pourrissaient des bêtes irisées et des étoiles de mer roses. Les petites vagues portaient les ventres blancs des poissons morts.

La moitié du ciel était voilée par l'extension du feu qui avançait sensiblement, et mangeait sur la frange cendrée de l'autre moitié.

Il leur semblait que la mer était morte, comme le reste. Car son haleine était empestée et elle était parcourue dans sa translucidité de veines d'un bleu et d'un vert profond. Cependant la barque glissait à sa surface avec un mouvement qui ne se ralentissait pas.

L'horizon oriental avait des lueurs bleuâtres.

Elle trempa sa main dans l'eau, et la retira aussitôt : les vagues étaient déjà chaudes. Une ébullition effrayante allait peut-être faire trembler l'Océan.

Au sud, ils voyaient des cimes de nuages blancs avec des aigrettes roses, et ne savaient si ce n'était pas une vapeur ignée.

Le silence général et la flamme grandissante les figeaient dans la stupeur : ils préféraient le grand cri qui les avait accompagnés, comme l'écho d'un râle totalisé dans le vent.

L'extrémité de la mer, où la coupole de cendre venait plonger, encore demi-obscure, était ouverte par une coupure claire. Une portion de cercle d'un bleu livide semblait y promettre l'entrée d'un nouveau monde.

– Ah ! regarde ! dit-elle.

La légère buée qui flottait derrière eux sur l'océan, venait de s'éclairer de la même lueur que le ciel, pâle et tremblotante : c'était la mer qui brûlait.

Pourquoi cette universelle destruction ? Leurs têtes, qui battaient intérieurement dans l'air surchauffé, étaient pleines de cette question multipliée. Ils ne savaient pas. Ils étaient inconscients des fautes. La vie les étreignait ; ils vivaient plus vite, tout d'un coup ; l'adolescence les saisit au milieu de l'incendie du monde.

Et, dans cette ancienne barque, dans ce premier instrument de la vie inférieure, ils étaient un si jeune Adam et une si petite Ève, seuls survivants de l'Enfer terrestre.

Le ciel était un dôme en feu. Il n'y avait plus à l'horizon qu'un seul point bleu extrême, sur lequel allait se refermer la paupière de flamme. Une mer ronflante les atteignait déjà.

Elle se dressa et se dévêtit. Nus, leurs membres polis et grêles étaient éclairés par la lueur universelle. Ils se prirent les mains et s'embrassèrent.

– Aimons-nous, dit-elle.

Les embaumeuses

À Alphonse Daudet.

Qu'il y ait encore en Libye, sur les confins de l'Éthiopie où vivent les hommes très vieux et très sages, des sorcelleries plus mystérieuses que celles des magiciennes de Thessalie, je ne puis en douter. Il est terrible, certes, de penser que les incantations des femmes peuvent faire descendre la lune dans un étui à miroir, ou la plonger, quand elle est pleine, dans un seau d'argent, avec des étoiles trempées, ou la faire frire comme une méduse jaune de mer, dans une poêle, tandis que la nuit thessalienne est noire et que les hommes qui changent de peau sont libres d'errer ; tout cela est terrible ; mais je craindrais moins ces choses que de rencontrer encore dans le désert couleur de sang, des embaumeuses libyennes.

Nous avions traversé, mon frère Ophélion et moi, les neuf cercles de sables divers qui entourent l'Éthiopie. Il y a des dunes terrestres qui, dans le lointain, paraissent glauques comme la mer ou azurées comme des lacs. Les Pygmées ne parviennent pas jusqu'à ces étendues ; mais nous les avions laissés dans les grandes forêts ténébreuses, où le soleil ne pénètre jamais ; et les hommes couleur de cuivre qui se nourrissent de chair humaine et se reconnaissent les uns les autres au bruit des mâchoires sont plus loin au couchant. Le désert rouge où nous entrions pour aller vers la Lybie est selon toute apparence nu de cités et d'hommes.

Nous marchâmes sept jours et sept nuits. Dans cette contrée, la nuit est transparente et bleue, fraîche et dangereuse aux yeux, si bien que parfois cette clarté bleue nocturne enfle les prunelles en l'espace de six heures et le malade ne voit plus se lever le soleil. Telle est la nature de ce mal, qu'il n'attaque uniquement que ceux qui dorment sur le sable et ne se voilent pas le visage ; mais ceux qui marchent nuit et jour n'ont à redouter que la poudre blanche du désert qui irrite les paupières sous le soleil.

Le soir du huitième jour nous aperçûmes sur la plaine couleur de sang des coupoles blanches de petite dimension, disposées en cercle, et Ophélion fut d'avis qu'il était utile de les examiner. La nuit tombait rapidement, comme de coutume dans le pays libyen, et quand nous nous approchâmes, l'obscurité était très grande. Ces coupoles émergeaient de terre, et nous ne pûmes d'abord y reconnaître d'ouvertures ; mais quand nous eûmes franchi le cercle qu'elles formaient, nous vîmes qu'elles étaient trouées de portes qui avaient la hauteur d'un homme de taille moyenne et qui étaient toutes dirigées vers le centre du cercle. L'ouverture de ces portes était sombre ; mais par des orifices très étroits percés à l'entour passaient des rayons qui marquaient nos figures comme avec de longs doigts rouges. Nous étions aussi environnés d'une odeur que nous ne connaissions pas et qui semblait mêlée de parfums et de corruption.

Ophélion m'arrêta et me dit qu'on nous faisait signe dans une de ces coupoles. Une femme que nous ne pouvions voir distinctement se tenait sous la porte et nous invitait. J'hésitai, mais Ophélion m'attira vers elle. L'entrée était obscure, ainsi que la salle ronde sous la coupole ; et, sitôt que nous y fûmes, celle qui nous avait appelés disparut. Nous entendîmes une voix douce qui prononçait des paroles barbares. Puis cette femme se trouva de nouveau devant nous, portant une lampe fumeuse d'argile. Nous la saluâmes et elle nous souhaita la bienvenue dans notre langue grecque, qu'elle parlait avec un accent libyen. Elle nous montra des lits de terre cuite, ornés de figures d'hommes nus et d'oiseaux, et nous fit asseoir. Ensuite, disant qu'elle allait chercher notre repas, elle disparut encore, sans qu'il nous fût possible de voir, à la faible lueur de la lampe qui était posée à terre, par où elle sortait. Cette femme avait une chevelure noire, et des yeux de couleur sombre ; elle était vêtue d'une tunique de lin ; une ceinture bleue soutenait ses seins, et elle sentait la terre.

Le souper qu'elle nous servit dans des plats d'argile et des coupes de verre obscur fut de pain en couronnes, avec des figues et du poisson salé ; il n'y eut d'autre viande que des sauterelles confites ; quant au vin, il était rose et pâle, apparemment mêlé d'eau, et d'une saveur exquise. Elle mangea avec nous, mais ne toucha ni au poisson, ni aux sauterelles. Et tant que je fus dans cette coupole, je ne la vis pas mettre dans sa bouche de la chair ; elle se contentait d'un peu de pain et de fruits conservés. La raison de cette abstinence est sans doute dans un dégoût que l'on comprendra facilement par ce récit ; et peut-être que les parfums parmi lesquels cette femme vivait, lui ôtaient le besoin de la nourriture et l'apaisaient de leurs particules subtiles.

Elle nous interrogea peu, et nous osions à peine lui parler ; car ses mœurs paraissaient étranges. Après le souper, nous nous étendîmes sur nos lits ; elle nous laissa une lampe et en prépara une autre plus petite pour elle-même ; puis elle nous quitta, et je vis qu'elle entrait au-dessous du sol par une ouverture située à l'extrémité opposée de la coupole. Ophélion semblait peu désireux de répondre à mes conjectures et je m'endormis jusqu'au milieu de la nuit d'un sommeil inquiet.

Je fus réveillé par le son de la lampe qui crépitait, parce que la mèche avait brûlé jusqu'à l'huile, et je ne vis plus mon frère Ophélion auprès de moi. Je me levai et je l'appelai à voix basse ; mais il n'était plus dans la coupole. Alors je sortis dans la nuit, et il me sembla que j'entendais sous terre des lamentations et des cris de pleureuses. Ce son d'écho mourut rapidement : je fis le tour des coupoles sans rien découvrir. Mais il y avait une sorte de frémissement, comme d'un travail dans le sol, et au loin l'appel triste du chien sauvage.

Je m'approchai d'un des orifices d'où jaillissaient les rayons rouges, et je parvins à monter sur une des coupoles pour regarder à l'intérieur. Je compris alors l'étrangeté de la contrée et de la cité des coupoles. Car l'endroit que je voyais, éclairé à torchères, était jonché de morts ; et parmi des pleureuses, d'autres femmes s'empressaient avec des vases et des instruments. Je les voyais fendre sur le côté des ventres frais et tirer les boyaux jaunes, bruns, verts et bleus, qu'elles plongeaient dans des amphores, enfoncer par le nez des figures un crochet d'argent, briser les os délicats de la racine et ramener la cervelle avec des spatules, laver les corps avec des eaux teintes, les frotter de parfums de Rhodes, de myrrhe et de cinnamome, tresser les cheveux, gommer les cils et les sourcils de couleur, peindre les dents et durcir les lèvres, polir les ongles des mains et des pieds et les entourer d'une ligne d'or. Puis, le ventre étant plat, le nombril creux, au centre de rides circulaires, elles allongeaient les doigts des morts, blancs et plissés, leur cerclaient aux poignets et aux chevilles des anneaux d'électron, et les roulaient patiemment dans de longues bandelettes de lin.

Toutes ces coupoles étaient apparemment une cité d'embaumeuses, où on apportait les morts des villes environnantes. Et dans certaines des habitations le travail s'accomplissait au-dessus, mais dans d'autres au-dessous du sol. La vue d'un corps qui gardait les lèvres serrées, entre lesquelles on passait un brin de myrte, ainsi que les femmes qui ne peuvent pas sourire et veulent s'accoutumer à montrer leurs dents, me fit horreur.

Je résolus, aussitôt le jour venu, de fuir, avec Ophélion, la cité des embaumeuses. Et, en rentrant sous notre coupole, je replaçai une mèche dans la lampe, et je l'allumai au foyer, sous la voûte : mais Ophélion n'était pas revenu. J'allai au fond de la salle, et j'éclairai l'ouverture de l'escalier souterrain ; et d'en bas j'entendis un bruit de baisers. Alors je souris en songeant que mon frère passait une nuit amoureuse avec une manieuse de cadavres. Mais je ne sus que penser en voyant entrer sous la coupole, par une ouverture qui donnait sans doute dans un couloir pratiqué à l'intérieur de la muraille de ciment, la femme qui nous recevait. Elle se dirigea vers l'escalier, et écouta, ainsi que je l'avais fait. Puis elle se tourna de mon côté et sa figure me fit peur. Ses sourcils se touchèrent, et elle parut rentrer dans le mur.

Je retombai dans un profond sommeil. Au matin, Ophélion était couché sur le lit voisin du mien. Il avait la figure couleur de cendre. Je le secouai, et le pressai de partir. Il me regarda sans me reconnaître. La femme rentra, et comme je l'interrogeais, elle parla d'un vent pestilentiel qui avait soufflé sur mon frère.

Tout le jour, il se retourna sur les côtés, agité par la fièvre, et la femme le regardait avec des yeux fixes. Vers le soir, il remua ses lèvres et mourut. J'embrassai ses genoux en gémissant, et je pleurai jusqu'à deux heures après le milieu de la nuit. Puis mon âme s'envola avec les songes. La douleur d'avoir perdu Ophélion me troubla et me fit réveiller. Son corps n'était plus auprès de moi et la femme avait disparu.

Alors je poussai des cris, et je parcourus la salle : mais je ne pus trouver l'escalier. Je sortis de la coupole et montant vers le rayon rouge, j'appliquai mes yeux à l'ouverture. Or voici ce que je vis :

Le corps de mon frère Ophélion était étendu parmi des vases et des jarres ; et on avait retiré sa cervelle avec le crochet et les spatules d'argent, et son ventre était ouvert.

Déjà ses ongles étaient dorés et sa peau frottée d'asphalte. Mais il était entre deux embaumeuses qui se ressemblaient si étrangement que je ne pouvais distinguer celle qui nous avait reçus. Toutes deux pleuraient et se déchiraient la figure, et baisaient mon frère Ophélion, et le serraient dans leurs bras.

Et j'appelai par l'ouverture de la coupole, et je cherchai l'entrée de cette salle souterraine, et je courus vers les autres coupoles ; mais je n'eus point de réponse, et j'errais inutilement dans la nuit transparente et bleue.

Et ma pensée fut que ces deux embaumeuses étaient sœurs et magiciennes et jalouses, et qu'elles avaient tué mon frère Ophélion pour garder son beau corps.

Je me couvris la tête de mon manteau et je m'enfuis éperdu hors de cette contrée de sortilèges.

La peste

CCCCI e mille l'an corant
Nella città di Trento Ré Rupert
Volle lo scudo mio essor copert
De l'arme suo Lion d'oro rampant

Cronica del Pitti.

À Auguste Bréal.

Moi, Bonacorso de Neri de Pitti, fils de Bonacorso, gonfalonier de justice de la commune de Florence, dont l'écu fut couvert en l'an quatorze cent un, par ordre du roi Rupert, dans la cité de Trente, du Lion d'or rampant, je veux raconter pour mes descendants anoblis ce qui m'arriva quand je commençai à courir le monde pour chercher l'aventure.

L'an MCCCLXXIV, étant jeune homme sans argent, je m'enfuis de Florence sur les grandes routes, avec Matteo pour compagnon. Car la peste dévastait la cité. La maladie était soudaine, et attaquait dans la rue. Les yeux devenaient brûlants et rouges, la gorge rauque ; le ventre enflait. Puis la bouche et la langue se couvraient de petites poches pleines d'eau irritante. On était possédé par la soif. Une toux sèche secouait les malades pendant plusieurs heures. Ensuite les membres se raidissaient aux articulations ; la peau se parsemait de taches rouges, gonflées ; qu'aucuns nomment bubons. Et finalement les morts avaient la figure distendue et blanchâtre, avec des meurtrissures saignantes et la bouche ouverte comme un cornet. Les fontaines publiques, presque épuisées par la chaleur, étaient entourées d'hommes courbés et maigres qui tâchaient d'y plonger la tête. Plusieurs s'y précipitèrent, et on les retirait par les crochets des chaînes, noirs de vase et le crâne fracassé. Les cadavres brunissants jonchaient le milieu des voies par où coule, dans la saison, le torrent des pluies ; l'odeur ne pouvait se supporter et la crainte était terrible.

Mais Matteo étant grand joueur de dés, nous nous égayâmes sitôt la sortie de la ville et nous bûmes à la première hôtellerie du vin mêlé pour notre salut de la mortalité. Là il y eut des marchands de Gênes et de Pavie ; et nous les défiâmes, le cornet à dés en mains, et Matteo gagna douze ducats. Pour ma part, je les conviai au jeu de tables, où j'eus le bonheur de remporter un gain de vingt florins d'or, desquels ducats et florins nous achetâmes des mules et un chargement de laine, et Matteo, qui avait délibéré d'aller en Prusse, fit provision de safran.

Nous courûmes les chemins de Padoue à Vérone, nous revînmes à Padoue pour nous fournir plus amplement de laine, et nous voyageâmes jusqu'à Venise. De là, passant la mer, nous entrâmes en Sclavonie, et visitâmes les bonnes villes jusqu'aux confins des Croates. À Buda, je tombai malade de la fièvre, et Matteo me laissa seul à l'hôtellerie, avec douze ducats, retournant à Florence où l'appelaient certaines affaires, et où je devais venir le rejoindre. Je gisais dans une chambre sèche et poussiéreuse, sur un sac de paille, sans médecin, et la porte ouverte sur la salle à boire. La nuit de la Saint-Martin, il vint une compagnie de fifres et de flûtistes, avec quelque quinze ou seize soldats vénitiens et tudesques. Après avoir vidé beaucoup de flacons, écrasé les tasses d'étain et brisé les cruches contre les murs, ils commencèrent à danser au son du fifre. Ils passèrent par la porte leurs trognes rouges, et me voyant allongé sur mon sac, se mirent à me tirer dans la salle en criant : « Ou tu boiras, ou tu mourras ! » puis me bernèrent, tandis que la fièvre me battait la tête, et finirent par me plonger dans la paille du sac, dont ils lièrent l'ouverture autour de mon cou.

Je suai abondamment, et ma fièvre en fut sans doute dissipée, tandis que la colère me venait. Mes bras étaient empêtrés et on m'avait ôté mon basilaire, sans quoi je me serais rué, ainsi hérissé de paille, parmi les soldats. Mais je portais à la ceinture, sous mes chausses, une courte lame engainée ; je réussis à glisser ma main jusque-là, et par son moyen, je fendis la toile du sac.

Peut-être que la fièvre m'enflammait encore la cervelle ; mais le souvenir de la peste que nous avions laissée à Florence et qui depuis s'était répandue en Sclavonie, se mélangea dans mon esprit à une sorte d'idée que je m'étais faite du visage de Sylla, le dictateur des Latins dont parle le grand Cicéron. Il ressemblait, disaient les Athéniens, à une mûre saupoudrée de farine. Je résolus de terrifier les gens d'armes

vénitiens et tudesques ; et comme je me trouvais au milieu du réduit
où l'hôtelier enfermait ses provisions et les fruits de conserve, j'eus
rapidement éventré une poche pleine de farine de maïs. Je me frottai la
figure de cette poussière ; et, lorsqu'elle eut pris une teinte qui n'était
ni jaune, ni blanche, je me fis de ma lame une éraflure au bras, d'où je
tirai assez de sang pour tacher irrégulièrement l'enduit. Puis je rentrai
dans le sac, et j'attendis les bandits ivrognes. Ils vinrent en riant et en
chancelant : à peine eurent-ils vu ma tête blanche et saignante qu'ils
s'entrechoquèrent en criant : « La peste ! la peste ! »

Je n'avais pas repris mes armes, que l'hôtellerie était vide. Me
sentant rétabli, à cause de la transpiration que m'avaient imposée ces
ruffians, je me mis en route pour Florence, afin de rejoindre Matteo.

Je trouvai mon compagnon Matteo errant par la campagne
florentine, et assez mal en point. Il n'avait pas osé pénétrer dans la cité,
pour la peste qui continuait à y rager. Nous rebroussâmes chemin, et
nous dirigeâmes, en quête de fortune, vers les États du pape Grégoire.
Montant vers Avignon, nous croisions des bandes d'hommes armés,
portant lances, piques et vouges ; car les citoyens de Bologne venaient
de se révolter contre le Pape, à la requête de ceux de Florence (ce que
nous ignorions). Là nous fîmes des jeux joyeux avec les gens d'un parti
et de l'autre, tant aux tables qu'aux dés, si bien que nous gagnâmes
environ trois cents ducats et quatre-vingts florins d'or.

La cité de Bologne était presque vide d'hommes, et nous fûmes
reçus aux étuves avec des cris d'allégresse. Les chambres n'y sont
pas jonchées de paille comme en beaucoup de villes lombardes ; les
grabats n'y manquent pas, quoique les sangles soient rompues pour la
plupart. Matteo rencontra une Florentine de sa connaissance, Monna
Giovanna ; pour moi, qui ne pensais pas à m'enquérir du nom de la
mienne, j'en fus content.

Là nous bûmes d'abondance, et du vin épais de la contrée et de
la cervoise, et nous mangeâmes confitures et tartelettes. Matteo, à
qui j'avais conté mon aventure, feignant d'aller au retrait, descendit
dans les cuisines, et revint accoutré en pestiféré. Les filles des
étuves s'enfuirent de tous côtés, poussant des cris aigus, puis elles se
rassurèrent, et vinrent toucher, encore peureuses, la figure de Matteo.

Monna Giovanna ne voulut pas retourner avec lui, et resta tremblante dans un coin, disant qu'il sentait la fièvre. Cependant Matteo, ivre, posa la tête parmi les pots, sur la table que ses ronflements faisaient trembler, et il ressemblait aux figures de bois bariolées que les banquistes montrent sur les estrades.

Finalement nous quittâmes Bologne, et après diverses aventures, nous arrivâmes près d'Avignon, où nous apprîmes que le Pape faisait mettre en prison tous les Florentins, et les faisait brûler, eux et leurs livres pour se venger de la rébellion. Mais nous fûmes avertis trop tard ; car les sergents du Maréchal du Pape nous surprirent pendant la nuit, et nous jetèrent à la prison d'Avignon.

Avant d'être mis en question, nous fûmes examinés par un juge et provisoirement condamnés au cachot bas, jusqu'à information, avec le pain sec et l'eau, ce qui est la coutume de la justice ecclésiastique. Je parvins toutefois à cacher sous ma robe notre sac de toile, qui contenait un peu de polenta et des olives.

Le sol du cachot était marécageux ; et nous n'avions d'air que par un soupirail grillé qui s'ouvrait à ras de terre sur la cour de la Conciergerie. Nos pieds étaient passés dans les trous de ceps très lourds de bois, nos mains liées à des chaînes assez lâches, de telle manière que nos corps se touchaient depuis le genou jusqu'à l'épaule. L'huissier du guichet nous fit la grâce de nous dire que nous étions en suspicion de poison ; car le Pape avait su par certains ambassadeurs que les gonfaloniers de la commune de Florence entretenaient le dessein de le faire mourir.

Nous étions ainsi dans la noirceur de la prison, n'entendant nul bruit, ne sachant pas l'heure du jour ni de la nuit, en grand danger d'être brûlés. Je me souvins alors de notre stratagème ; et il nous vint l'idée que la justice papale, par terreur de la maladie, nous ferait jeter dehors. J'atteignis avec peine ma polenta, et il fut convenu que Matteo s'en barbouillerait la figure et se tacherait de sang, tandis que je crierais pour attirer les sbires. Matteo disposa son masque, et commença des hurlements rauques, comme s'il avait la gorge prise. J'invoquai la Notre-Dame en secouant mes chaînes. Mais le cachot était profond, le portail épais, et il faisait nuit. Pendant plusieurs heures nous suppliâmes inutilement. Je cessai mes cris : cependant Matteo continuait à geindre. Je le poussai du coude, afin qu'il se reposât jusqu'au jour : ses gémissements devinrent plus forts. Je le touchai dans l'obscurité : mes mains n'atteignaient que son ventre qui me parut gonflé comme une outre. Et alors la peur me saisit : mais j'étais collé contre lui. Et tandis qu'il criait d'une voix enrouée : « À boire ! à boire ! » jusqu'à ce qu'il me semblât entendre l'appel désespéré d'une meute lâchée, le rond pâle du jour levant tomba du soupirail. Et alors la sueur froide coula sur mes membres ; car, sous son masque poudreux, sous les taches de sang desséché, je vis qu'il était livide et je reconnus les croûtes blanches et le suintement rouge de la peste de Florence.

Les faulx-visaiges

À Paul Arène.

Les trêves conclues à Tours par Charles VII, roi de France, avec Henri VI, roi d'Angleterre, avaient rompu les armées. Les gens de guerre étaient sur les champs, n'ayant ni solde ni vivres de pillage militaire. Les Écorcheurs, Armagnacs, Gascons, Lombards, Écossais, revenaient par bandes de la terrible bataille de Saint-Jacques, et ils avaient rôti les jambes des paysans tout le long de leur route. On touchait au mois de novembre 1444. La campagne était neigeuse et les arbres noirs. Par les chemins passaient des files d'hommes à pourpoints troués, à jaques sombres avec de gros roulets à leurs chaperons et des cornettes froncées attachées à des aiguillettes rouges ; quelques-uns portaient des chapeaux de fer, tous marchaient le vouge sur l'épaule, tenant la guisarme, ou des plançons crêtelés, ou des langues-de-bœuf à la ceinture. Les hôtelleries étaient désolées. Car ils descendaient après la servante qui tirait le vin, et lui trempaient la tête dans la pipe, volaient les chaperons rouges traînant sur les tables parmi les pots, emportaient les écuelles d'étain, et, fracassant les coffres des femmes, prenaient leurs chapelets argentés et leurs verges d'or. Traversant les villes le plus rarement qu'ils pouvaient, ils se ruaient aux étuves, bâillonnaient la maîtresse, jetaient la paille par les fenêtres, forçaient les fillettes sur les bahuts, et, tordant les clefs des portes dans leurs serrures obscènes, partaient en tumulte à la lueur des falots. Le syndic et les gens du guet, archers et arbalétriers, attroupés en masse noire, les regardaient fuir, effarés.

D'ordinaire ils préféraient les fillettes communes assises aux portes des bonnes villes, le soir, à l'orée des cimetières. Elles n'avaient qu'une cotte et une chemise ; elles reposaient leurs pieds sur les pierres tombales, et la lune les faisait paraître blanches. Elles montaient sur les blocs et s'appelaient : « Denise ! Marion ! Museau ! » Elles couchaient à l'air, entre les fosses, dans l'eau croupissante. Elles rêvaient le sol jonché de paille des étuves, dans quelque rue noire. Les guetteurs de chemins, batteurs à loyer, épieurs et fausses gens de guerre, les emmenaient un peu de temps, et parfois ne leur coupaient pas la gorge. On les voyait passer entre deux étranges hommes d'armes, qui les tenaient sous les bras et entrecroisaient des vouges sur leurs têtes.

Parmi tous les bouffons, ménétriers et joueurs de vielle, venaient aussi quelques vagabonds qui avaient été clercs, et n'ayant de quoi changer d'habit, déchiquetaient le collet de leur pourpoint et mettaient un gorgias. Ils menaient un ou deux pauvres enfants dont ils avaient scié les jambes près des pieds et arraché les yeux, qu'ils montraient pour apitoyer les passants tandis qu'ils jouaient de la vielle. Quand il s'était fait autour d'eux une troupe, ils feignaient d'être touchés par le mal caduc, tombaient sur le dos, battaient la terre des deux tempes et des mains, et écumaient de la bouche en jurant le « sanglant foutre-Dieu ». Et cependant leurs amis coupaient les mordants de ceintures, et ôtaient leurs livres d'heures aux femmes pour en prendre les fermoirs.

Puis, dans le mois de novembre, arrivèrent à la suite de ces traînards de mystérieuses figures nocturnes. On ne savait ce qu'il en était. Ils étaient diversement vêtus, les uns ayant pourpoints noirs et chapeaux rouges, aumusses fourrées de menu vair, d'autres, manteaux de soie vermeille et chaperons à cornette de soie verte, quelques-uns paraissant seigneurs, à longues robes de velours noir, fourrées de martre, certains semblant des femmes déguisées, à toque violette avec un bavolet. Tous étaient armés, plusieurs ayant ceinturon et haubert.

Mais ces hommes de nuit se distinguaient des autres par une habitude terrifiante et inconnue : ils avaient leurs visages couverts de faux-visages. Or ces faux-visages étaient noirs, camus, à lèvres rouges, ou portant de longs becs arqués, ou hérissés de moustaches sinistres, ou laissant pendre sur le collet des barbes bariolées, ou traversant la figure d'une seule bande sombre entre la bouche et les sourcils, ou semblant une large manche de jaque nouée par en haut, avec des trous par où on voyait les yeux et les dents.

Le peuple donna aussitôt à ces hommes le nom de « Faulx-Visaiges » ; on n'avait jamais rien vu de semblable dans le plat pays ; seuls quelques nobles, la mode étant venue d'Italie, mettaient dans les cérémonies des faulx-visaiges en métaux riches.

Ces gens se répandirent autour de Creully où Mathew Gough, Anglais, était seigneur, et ravagèrent la contrée de façon horrible. Car les Faulx-Visaiges tuaient cruellement, éventrant les femmes, piquant les enfants aux fourches, cuisant les hommes à de grandes broches pour leur faire confesser les cachettes d'argent, peignant les cadavres de sang pour appâtir les métairies et les réduire par la peur. Ils avaient avec eux des fillettes prises le long des cimetières, qu'on entendait hurler dans la nuit. Personne ne savait s'ils parlaient. Ils surgissaient du mystère et massacraient en silence.

On soupçonnait qu'il y avait parmi eux des nobles, ayant trahi le roi de France, ou le roi d'Angleterre, ou tous deux. Leur férocité était seigneuriale. La terreur en était accrue. On examinait les gens, le jour, ne sachant s'ils ne devenaient Faulx-Visaiges, la nuit.

Il y eut des patrouilles de gens d'armes par la campagne. Les archers de Mathew Gough, gens décidés, guettèrent les Faulx-Visaiges, et en saisirent. Ils furent amenés au juge de Creully et questionnés. On n'en reconnut aucun. Ils semblaient de pays divers. Ils donnaient à leur chef le nom de roi, et l'appelaient parmi eux Alain Blanc-Bâton.

Mathew Gough les fit pendre aux arbres des routes, avec leurs faux-visages et leurs vêtements riches. Le peuple vint les voir, se balançant sous le vent, comme des oiseaux étrangement colorés. Les bêtes de proie se perchaient sur leur nuque et leur déchiraient la chair sous leur masque. Ainsi beaucoup de chemins en Normandie étaient bordés, à mi-hauteur des arbres, par ces faces varicolores et terrifiantes de cuir, d'étoffe, de bois ou de fer, qui s'entrechoquaient à la bise.

Cependant on annonçait l'arrivée de lord Alan Blankbate, capitaine de Rouen et de Bayeux. Les gens du château prirent leurs plus nobles tenues pour la réception. Tout était en mouvement dans la place de Creully. Mathew Gough avait une robe écarlate, un chapeau vert, des gants fourrés.

L'huissier de la prison monta dans la grande salle. Il toucha de sa verge le bras de Mathew Gough. On venait de prendre, disait-il, celui que les Faulx-Visaiges nommaient Alain Blanc-Bâton. Il refusait de répondre et on n'avait pu le démasquer. Puis l'huissier prononça quelques paroles à l'oreille de Mathew Gough, qui se leva, mit le faux-visage en or qu'il tenait prêt pour la cérémonie, et descendit les degrés de la salle carrelée où on donnait la torture.

Il y avait là trois hommes, l'un étendu sur le tréteau. Sa poitrine et ses jambes étaient nues, couvertes de poils blonds. Son faux-visage était de cuir noir, et par le trou de la bouche on versait de l'eau à travers un cornet. Il avait le cou mouillé, gonflé : les muscles s'y tordaient. Son dos était cintré. Une mare s'étendait sur les carreaux, près du chevalet. Mais le patient ne dit mot.

On l'attacha sur un banc à deux bâtons placés en croix de Saint-André ; et à chacun de ses membres les deux tourmenteurs mirent un pivot tournant qu'ils virèrent et tordirent. On entendait craquer les os des poignets et des chevilles. L'homme ne fit que gémir.

L'un des tourmenteurs alla chercher de la braise dans une écuelle de terre cuite, et à cheval sur l'homme, lui souffla les étincelles sur la peau, par les narines du faux-visage. Le patient s'agita, et se débattit, puis resta immobile.

Mathew Gough, le croyant étouffé, fit signe qu'on le portât au feu de la cuisine. Il parut s'y ranimer, et respira doucement. Alors Mathew Gough, la face couverte de son faux-visage d'or qui étincelait à la flamme, se pencha vers le faux-visage noir et parla bas. Il parla anglais, et les tourmenteurs ne comprirent pas. Ils virent trembler les bras et les jambes du prisonnier. Mais il ne répondit rien, et resta silencieux sous son faux-visage sombre.

Mathew Gough lui fit mettre incontinent la corde au cou et les deux tourmenteurs le halèrent et le tirèrent par un anneau encastré dans les dalles du plafond. Au feu de la cuisine il jeta son ombre agitée sur les murs.

Puis, remontant lentement les degrés, Mathew Gough ordonna de mettre la place en état de défense, ayant reçu nouvelles, disait-il, de trahison, et de quitter les habits de cérémonie parce que lord Alan Blankbate, capitaine de Rouen et de Bayeux, lui avait mandé par messager sûr qu'il ne viendrait pas.

Les écuyers, archers et valets d'armes coururent de-ci de-là et toute la place sonna par les ferrures heurtées.

Ainsi périt sombrement le chef des Faulx-Visaiges, auquel ses compagnons donnaient le nom d'Alain Blanc-Bâton.

Les eunuques

À Maurice Spronck.

Spadones ! Ils étaient accroupis sur les dalles, les genoux serrés, et frottaient le bout de leurs pantoufles avec des cannes à pomme d'argent. Leurs robes couleur de safran étaient étendues autour d'eux, et une odeur de cinnamome se dégageait de leur peau. Ainsi ils se reposaient parmi des garçons étuvistes en sueur, des hommes vêtus de peluche écarlate qui se rendaient aux bains avec des filets pleins de balles à jouer vertes, des jeunes gens à tunique rousse avec des ceintures cerise, hauts troussés, et les cheveux longs, des coureurs à colliers précédant des chaises à porteurs, où des matrones aux cheveux tordus, à la peau poncée, rendaient les saluts des passants.

Le haut du ciel était chaudement bleu, voilé de filaments roses et se fondait graduellement à l'horizon dans un jaune transparent, un bleu de turquoise très pâle, et un vert délicat et tremblotant. Il y avait encore des crieurs de rues qui offraient l'eau de neige : *aqua nivata, nivata !* Des Éthiopiens frisés arrosaient partout avec l'eau de minuscules outres percées, semblables à celles qui servent à abattre la poudre rouge de l'arène, dans l'amphithéâtre.

Or, parmi l'air bourdonnant, les eunuques se mirent à songer au pays d'où ils étaient venus, à la brûlante Syrie, et à l'Ibérie aux mines d'argent. Ils avaient couru à quinze ans les hauts pâturages maigres avec les chèvres et les boucs, barattant le lait, pressant des fromages blancs durs, qu'ils traversaient d'un brin de genêt. Ils avaient aimé des fillettes à grands chapeaux de paille. Ils les guettaient entre les bouquets de fleurs d'or quand elles devaient venir, et leur taillaient des sifflets dans du bois de sureau. Souvent ils apportaient des pois chiches qu'ils avaient volés dans les granges. Ces jours-là on creusait un trou avec les mains et on y jetait des branchilles et des feuilles sèches. La fillette allait chercher au foyer le plus voisin une braise ardente ; elle la mettait dans son sabot plat, qu'elle agitait sans cesse en courant, pour empêcher le charbon de s'éteindre. Puis, gravement assis l'un en face de l'autre, ils faisaient rôtir leurs pois chiches au bout d'une baguette pointue. Ou ils jouaient au roi et à la reine. On faisait un trône avec des pierres unies, à l'ombre quelque part. La reine s'asseyait là, et le roi partait en expédition pour surveiller ses chèvres. La reine, après avoir écouté les cigales, s'endormait sur son trône. Alors, quand le roi revenait, il lui faisait un oreiller de mousse, et l'étendait doucement dessus.

Le soir, les ombres s'allongeaient, et on descendait avec les chèvres par les sentiers bordés de ronces. Les chauves-souris s'envolaient des buissons. Sous les herbes on entendait des frôlements de serpent qui allait retrouver son trou ; le grillon chantait dans les dernières flammes dorées du jour mourant ; les rochers devenaient gris et le premier frisson de la nuit secouait le feuillage des arbres. Un vent frais ballonnait le manteau et frisait le poil des chèvres ; le chien, nez à l'air, humait le souffle parfumé, et les genêts balançant leurs têtes jaunes ondulaient comme les vagues de la mer. Plus bas les lapins fuyaient dans les broussailles et l'obscurité s'amassait autour des vieux chênes. Bientôt la hutte était là, la mère sur la porte, avec sa cuillère en main.

Où étaient-elles, seigneurs du ciel, ces broussailles espagnoles, et la hutte de la montagne, et le troupeau ami ? Ils étaient venus, les durs Italiotes, à la tête rasée, aux lèvres serrées ; ils avaient brûlé la hutte et mangé le troupeau.

Ils avaient pris les petits dans les hauteurs, près d'Osca. Le long de la Cinca, les soldats étaient descendus et avaient traversé la plaine de Sourdao pour les mener à Ilerda. Et d'Ilerda à Tarraco, à travers les montagnes noires de Iakketa et d'Ilercao. À Tarraco, des marchands leur avaient fait boire une infusion de graines de pavot, pour les mutiler sans douleur. On les avait embarqués comme du bétail et vendus aux escales, à Populonia, à Cosa, ou à Alsium. D'autres étaient venus à Rome, par Ostia.

Des mangons les avait achetés, leur avaient enduit les pieds avec de la poussière de craie, les avaient coiffés de bonnets en molleton blanc. On les avait frottés de térébenthine, épilés à la lampe et à la pince, frisés au fer. On les avait exposés sur un échafaud, avec des écriteaux. Ils avaient les dents blanches et les yeux noirs, parlaient latin avec un accent guttural et un ton aigu. On les enfumait de gagate, avant d'en payer le prix, pour voir s'ils ne tombaient pas d'épilepsie.

Maintenant, entre les leveurs de voiles des portes, conservateurs de vaisselle d'argent, baigneurs, parfumeurs, cuisiniers, dresseurs, serveurs, dégustateurs, échansons, portiers en robe verte, muletiers à tunique relevée, aguayeurs, esclaves de chaise, porteurs d'éventails et d'ombrelles, ils étaient eunuques, soumis à la fourche, au fouet, et aux supplices publics de la porte Esquiline. Leurs maîtresses leur faisaient gonfler les joues pour leur donner un soufflet, et les intendantes leur piquaient le cou avec des aiguilles de tête.

Et ils allaient nécessairement par le Tuscus Vicus, où se promènent les débauchés, acheter des étoffes et chercher de petites amphores à nard, scellées de gypse, chez les pigmentaires, qui vendent de la ciguë, de l'aconit, de la mandragore et des cantharides. Ils chantaient dans l'atrium, au premier service, des morceaux de l'*Iliade* et de l'*Odyssée* et au dessert des vers du livre d'Elephantis. Ils regardaient douloureusement des tableaux où on voyait Atalante avec Méléagre. Quelques convives les baisaient au passage, et ils en souffraient. Malgré leurs laticlaves à franges, leurs anneaux d'or à étoiles de fer, leurs bracelets d'ivoire serti de métal, ils voyaient avec envie des Libyens lippus, nus et noirs. Ils jouaient nonchalamment sur des tablettes en bois de térébinthe avec des calculs de cristal peint. Ils mangeaient à peine des becs-figues gras entourés de jaune d'œuf poivré. Rien ne pouvait les distraire d'une tristesse peu vigoureuse, ni les caprices du maître, ni ceux de la maîtresse.

Ivres de vin rose, ils couraient plus loin que les étals de boucher avec les chèvres sanglantes parées de myrte, par-delà les « popinæ » de rôtisseurs qui vendent des noix frites et des bettes au miel, et les tavernes où pendent des bouteilles enchaînées, vers la noirceur centrale des chambres voûtées où, parmi des cellules à écriteaux, errent obscurément des femmes nues. Mais le patron des chambres à voûte de pierre reconnaissait les robes couleur de safran ; et les sangles des lits restaient sans matelas, puisque ces hommes ivres de vin rose, accroupis sur les dalles, frottant le bout de leurs pantoufles avec des cannes à pomme d'argent, étaient des énervés – *spadones*.

Les milésiennes

À Edmond de Goncourt.

Tout à coup, sans que personne en sût la cause, les vierges de Milet commencèrent à se pendre. Ce fut comme une épidémie morale. En poussant les portes des gynécées, on heurtait les pieds encore frémissants d'un corps blanc suspendu aux poutres. On était surpris par un soupir rauque et par un tintement de bagues, de bracelets et d'anneaux de chevilles qui roulaient à terre. La gorge des pendues se soulevait comme les ailes palpitantes d'un oiseau qu'on étouffe. Les yeux semblaient pleins de résignation, plutôt que d'horreur.

Les jeunes filles se retiraient le soir, silencieuses, comme il convient, étant restées assises dans une tenue modeste, sans serrer les genoux. Au milieu de la nuit retentissaient des gémissements et on les croyait d'abord oppressées par des songes lourds, oiseaux nocturnes du cerveau. Les parents se levaient et visitaient leurs chambres. Ils pensaient les trouver étendues sur le ventre, les reins secoués de peur, ou les bras croisés sur les seins, avec leurs doigts appuyés sur la place où le cœur bat. Mais les lits des jeunes filles étaient vides. Puis on entendait des balancements dans les salles supérieures. Là, éclairées de lune, la tunique blanche tombante, les mains enfoncées l'une dans l'autre, jusqu'à la basse articulation des doigts, elles étaient pendues, et leurs lèvres gonflées bleuissaient. À l'aube les moineaux familiers volaient sur leurs épaules, les becquetaient, et trouvant leur peau froide, s'envolaient avec des petits cris.

À peine le premier souffle du matin faisait frissonner les voiles tendus sur les cours intérieures, qu'il apportait des maisons amies le chant grave des pleureuses.

Et sur la place du Marché, parmi les acheteurs des heures incertaines, avant que les nuages légers se teignent de rose, on récitait la liste des mortes de la nuit. Les hérauts couraient çà et là. Ainsi que les autres, les filles des magistrats et des archontes, à peines nubiles, à la veille de prendre le voile jaune des noces, se suspendaient mystérieusement. Les hommes qui venaient à l'assemblée, tous marqués de la corde rouge qui indique les retardataires, négligeaient les affaires du peuple et pleuraient dans leurs mains. Les juges tremblants rendaient des arrêts de bannissement et n'osaient plus condamner à mort.

On chassa des ruelles obscures où habitaient les vendeuses de drogues un grand nombre de vieilles qui détournaient la tête à la lumière du jour. Les femmes fardées, dont la démarche était lourde et les yeux trop noircis, furent expulsées de la cité. Ceux qui enseignaient des doctrines inconnues sous les portiques, les discoureurs avec les jeunes gens, les prêtres promenant des images de déesse sur des bêtes de somme, les initiés des mystères et les amants de Cybèle furent relégués hors des murailles.

Ils allèrent peupler des cavernes creusées au roc des montagnes voisines dans un temps immémorial. Là ils couchèrent dans des chambres de pierre ; et les unes servirent aux prostituées, les autres aux philosophes ; de sorte que dès le crépuscule les jeunes gens de Milet sortaient de la cité pour passer une nuit souterraine. Ainsi, au flanc des coteaux, par les ouvertures taillées dans la montagne, on voyait briller des lumières à la première heure de veille ; et tout ce qui, dans la cité de Milet, avait été étrange ou impur, continuait sa vie à l'intérieur de la terre.

Alors les archontes de la colonie firent un décret par lequel il était ordonné d'ensevelir les jeunes filles pendues d'une manière nouvelle. Elles devaient être exposées à la populace, nues, la cordelette au cou, et portées ainsi au sépulcre. Et on espérait que la pudeur vaincrait par ce moyen la mort volontaire, lorsque le soir qui suivit la promulgation de cette loi le secret des Milésiennes fut découvert.

Des prêtres qui entretenaient un foyer sacré au temple d'Athéné se relevèrent un peu avant le milieu de la nuit pour ajouter des roseaux au feu et verser de l'huile dans les lampes. Et ils virent s'avancer parmi l'obscurité de la salle centrale une troupe de vierges qui semblaient avoir été averties par un songe. Car elles se dirigeaient dans l'ombre vers une certaine dalle, près de l'autel, qui fut soulevée. Un jeune garçon, qui portait d'habitude les corbeilles de la déesse, se voila la tête et pénétra sous le temple avec les vierges.

La voûte était haute, à peine éclairée par un point faiblement lumineux du sommet. Au fond, la paroi semblait éclatante, étant faite d'un seul miroir de métal. D'abord cette surface polie était nébuleuse, puis des images fugitives y passaient. Elle était de couleur glauque, comme les yeux des chouettes qui sont consacrées à Pallas Athéné.

La première des Milésiennes s'avança vers l'immense miroir, souriante, et se dévêtit. Le voile attaché sur l'épaule tomba, puis le pli du sein, et la ceinture azurée qui retenait la gorge : son corps parut dans sa splendeur. Et elle dénoua la torsade de ses cheveux qui se répandirent sur ses épaules jusqu'aux talons. Les autres jeunes filles, à côté d'elle, riaient en la voyant se mirer. Pourtant nulle image n'apparaissait à celles qui étaient voisines, dans le miroir de métal. Mais la jeune fille, les yeux horriblement dilatés, pleura un cri de bête épouvantée. Elle s'enfuit, et on entendit le bruit de ses pieds nus sur les dalles. Puis, parmi la terreur du silence, des minutes s'étant écoulées, retentit le hurlement des pleureuses.

Et la seconde qui se mira contempla la surface polie et poussa le même gémissement sur sa nudité. Et lorsqu'elle eut remonté, dans son égarement, les marches du temple, les plaintes lointaines firent connaître encore qu'elle s'était pendue sous la lueur froide de la lune.

Le jeune garçon se plaça exactement derrière la troisième, et son regard alla avec le regard de la Milésienne, et le cri d'horreur jaillit de ses lèvres en même temps. Car l'image du miroir sinistre était déformée dans le sens naturel des choses. Semblable à elle-même dans ce miroir, la Milésienne se voyait le front parcouru de plis, les paupières coupées, la taie de la vieillesse sur les yeux suintants de la chassie, les oreilles molles, les joues en poches, les narines roussies et poilues, le menton graisseux et divisé, les épaules creusées de trous, les seins fanés et leurs boutons éteints, le ventre tombé vers la terre, les cuisses rissolées, les genoux aplatis, les jambes marquées de tendons, les pieds gonflés de nœuds. L'image n'avait plus de cheveux, et sous la peau de la tête couraient des veines bleues opaques. Ses mains qui se tendaient paraissaient de corne et les ongles couleur de plomb. Ainsi le miroir présentait à la vierge Milésienne le spectacle de ce que lui réservait la vie. Et dans les traits de l'image elle retrouvait tous les indices de ressemblance, le mouvement du front et la ligne du nez et l'arc de la bouche et l'écartement des seins, et la couleur des yeux surtout, qui donne le sens de la pensée profonde. Terrifiée par son corps, honteuse de l'avenir, avant de connaître Aphrodite, elle se suspendit aux poutres du gynécée.

Or le jeune garçon la poursuivit, et chassa les autres vierges devant lui. Mais il arriva trop tard, et le corps de la Milésienne était déjà ondulé par l'agonie. Il l'étendit sur le sol, et, avant l'arrivée des pleureuses, caressa délicatement ses membres, et baisa ses yeux.

Telle fut la réponse de ce jeune garçon au miroir de la vérité future, au miroir d'Athéné.

52 et 53 Orfila

À George Courteline.

Le long d'une grande route plantée d'arbres unis, au feuillage régulièrement taillé, comme des pains de sucre piqués sur des tiges frêles, on voyait un mur jaunâtre, uniforme, avec deux pavillons semblables aux extrémités. La peinture de la grille d'entrée était morne ; puis une cour sablée, oblongue, séparait des bâtiments parallèles, à hautes portes vitrées ; les constructions à deux étages avaient des toits abaissés d'où montaient, à intervalles égaux, des clochetons couverts d'ardoises. Aux coins de la cour bâillaient des voûtes grises, dont on n'apercevait pas l'issue ; et des jardinets ronds, carrés, en triangle, en losange, où la terre était pierreuse parmi l'herbe clairsemée, tachaient avec les bancs l'étendue triste du sol emmuré par quelques traces de vert pâle.

Parmi ces figures géométriques de végétation descendant des perrons, sous les vitres des portes, autour d'une seule pièce d'eau rectangulaire, très poussiéreuse, émergeant des bouches ternes de vieilles pierres qui s'étiraient aux quatre coins, des bandes d'êtres humains, à peine agités, avançaient en chancelant, la tête branlante, les genoux tremblants ; des vieillards et des vieilles, les unes paraissant, du hochement continuel de leur personne, dire toujours *oui, oui*, les autres, par l'oscillation de droite à gauche, *non, non* ; d'anciennes affirmations et négations ambulantes et entêtées d'un faible mouvement qui ne variait pas.

Les hommes portaient des chapeaux qui avaient perdu toute recherche de forme, leur feutre étant défoncé ou renflé. Mais plusieurs posaient leurs casquettes ambitieusement sur le côté. Les femmes laissaient flotter des cheveux blancs fripés sous leurs bonnets sales ; mais quelques-unes avaient frisé leurs perruques, d'un noir singulier, sombres au-dessus de leur figure parcheminée. Passant ainsi dans la cour jardinée, maigrement entretenue, certains vieux bellâtres faisaient des effets de main, certaines vieilles, coquetant, minaudaient avec leurs lunettes. Et ils se réunissaient par groupes, autour des bancs, lisaient de petits journaux, s'offraient des prises ; tandis que des pensionnaires hébétés considéraient d'une mine inquiète les sourires malins qu'ils ne comprenaient plus.

L'hôpital qu'ils habitaient les recevait passé soixante ans, moyennant un millier de francs et une petite rente pour ajouter de la viande à leur ordinaire. Ceux qui étaient riches possédaient leur chambre, marquée d'un numéro, dans un couloir. On n'était plus propriétaire d'un nom. Il y avait le 63 Voltaire, le 119 Arago ; on déposait, en entrant, les signes de reconnaissance qui avaient servi dans la société pendant le cours d'une vie ordinaire ; ce cimetière animé restait plus anonyme que le cimetière des morts.

Or, cette société numérotée prenait ses règles et ses conventions ; car les titulaires des chambres des couloirs, ayant de quoi perdre dans les salles de jeu, offrir à d'agréables personnes d'un autre sexe de délicates consommations de cantine, méprisaient les misérables locataires des salles communes, où on ne pouvait, sous les yeux avides, faire toilette, ni cacher sa calvitie.

Ayant droit à des distributions bihebdomadaires de médicaments, ils assiégeaient les internes avant l'heure, épiaient le cahier, venaient comme à l'épicerie, avec de vieux bouts de papier où ils avaient noté leur commande, se délectaient à imiter la toux avec leur poitrine râlante, à exagérer la douleur de leurs membres tordus, à singer l'insomnie, à pleurer des maux imaginaires ; ils s'enviaient leurs maladies à la consultation, afin de pouvoir emporter en triomphe des bons de bains, des fioles d'alcool camphré, des flacons de sirop de sucre. Ils les plaçaient sur leur table de nuit, les regardant tour à tour comme des œuvres d'art bienfaisantes, ou comme des provisions dont ils avaient fait l'emplette à bon compte ; mais ils éprouvaient surtout la joie d'en posséder plus que les autres – puisque c'était pour eux la dernière forme de la propriété.

La salle Orfila était habitée par les vieilles femmes trop pauvres pour payer la rente d'une chambre. Deux rangées de lits, d'une blancheur douteuse, se faisaient face, et sur les draps repliés, il y avait une double haie de bustes couverts de camisoles. Le nᵒ 3 se levait, était encore assez ingambe, malgré un rhumatisme articulaire qui lui raidissait le genou gauche, et une paralysie partielle du bras droit, replié en travers de la ceinture. Elle était considérée ; car on disait qu'elle recevait un peu d'argent de parents éloignés ; mais elle préférait le conserver, pour en user à sa guise, au lieu de le verser à l'administration en échange d'un logement. Vis-à-vis d'elle, le no 52 la vexait par une agilité supérieure ; elle avait l'usage de ses deux bras, souffrait seulement de la goutte à un orteil, mais sa paupière inférieure droite, abaissée à la suite de la faiblesse croissante d'un muscle, exposait les dessous sanguinolents de l'œil.

Ces deux femmes, rivales physiques, furent aussi rivales de cœur. Rien des passions humaines n'avait disparu parmi ces vieillards et ces vieilles. Car il y avait dans les chambres de faux ménages à deux et à trois ; on entendait de violentes scènes de jalousie ; on se jetait à la tête par les couloirs des tabatières et des béquilles ; la nuit, des ombres ratatinées guettaient aux portes, armées d'un traversin menaçant, le bonnet de coton tiré jusqu'au menton ; et il y avait des poursuites de bancals, des fuites de femmes coxalgiques, de fiers cancans entre les vieilles qui bavardaient en lavant leur linge : l'une exaltait avec emphase son homme qui était décoré, et bien soigné ; l'autre vantait le sien, qui avait encore tous ses membres.

De sorte que de vieux poings osseux s'abattaient encore sur des pommettes saillantes ; les tours de cheveux s'envolaient, laissant à nu des crânes pointus ou bossués ; les lunettes étaient brisées sur les nez noirs de tabac ; d'anciens coudes aigus apparaissaient symétriques, les mains posées sur les hanches ; et de terribles injures chevrotées retentissaient tout le long du jour.

La guerre se déchaîna entre la 52 et la 53 pour une pipe en sucre rouge. Il y avait un vieux à visage militaire, sans doute concierge du temps qu'il était homme, et qui visitait régulièrement la 53 Orfila comme sa cousine. Les mots « mon cousin », « ma cousine », répétés comme un écho pour les oreilles des infirmières par ces bouches édentées, endormaient leur surveillance. Mais la 52 avait pris du goût pour l'homme de son vis-à-vis. Elle pinçait la bouche, tournait les yeux, le frôlait du caraco, en passant, avec un petit bégaiement. Les autres la détestaient à l'envi, pour la liberté de ses mouvements. On entendit des rires gras de catarrhes qui provoquèrent des toux nerveuses d'épuisement. Le vieux, flatté, abandonnait la partie de boules et la manille pour venir flirter l'après-midi. La 53 lui faisait son nœud de cravate, lui versait du collyre dans les yeux, lui offrait de précieuses pilules électriques, qu'elle conservait dans une petite boîte dissimulée sous son oreiller.

Mais elle ne pouvait s'empêcher de regarder avec jalousie la table de nuit de la 52 qui allait régulièrement à la consultation, d'où elle rapportait sans cesse des bouteilles qu'elle étalait avec complaisance. Le jour où le vieux tira gracieusement de son mouchoir à carreaux une pipe rouge, la 53 s'agita, joyeuse, rabattit son oreiller, s'y appuya, et la pipe aux dents qui tremblaient, elle nargua son vis-à-vis, de l'œil.

Elle montrait la pipe comme une enfant, la faisait tourner en l'air, la suçait, regardait le bout qu'elle avait sucé ; elle eut des mots à double entente, qui ne furent pas relevés, mais qui ne furent pas perdus.

En effet, à partir de ce moment, la 52 disparut tous les matins à la même heure. On ne savait où elle allait. Pendant plusieurs jours, elle eut l'air d'avoir une peine de cœur. Peu à peu elle parut plus gaie. Enfin, un matin, rentrant de sa promenade mystérieuse, elle fit à la pipe rouge de la 53 un magnifique pied de nez, puis, écartant deux doigts, montra des cornes au-dessus de son front, et toucha son bras droit avec un geste de désolation moqueuse, comme pour plaindre la 53 de ne pouvoir en faire autant.

Ceci marqua la fin. Il se fit un complot dans la salle Orfila contre l'effrontée et la gêneuse. On affectait de cracher lorsqu'elle passait ; les vieilles touchaient leurs yeux, avec de fausses nausées, chuchotaient entre elles, tenaient la 52 à l'écart. Le soir on entendit des frissons de papier, un grincement de crayons.

Cependant le vieux, l'air innocent, venait toujours voir sa « cousine ».

La 53 ne semblait nullement irritée. Moins empressée, pourtant, elle demandait avec affectation à son cousin ce qu'il faisait de sa matinée ; et le vieux, frottant ses mains sèches, mentait à cœur joie.

Le jour de la visite du médecin en chef, il y eut un mouvement général de curiosité. Le docteur s'arrêta devant le no 52 et dit à haute voix aux infirmières : « Vous changerez celle-ci de salle. » La 52, étonnée, murmura : « Mais pourquoi, monsieur le docteur ? » – Le médecin répondit, en reprenant sa tournée : « Vos compagnes se chargeront de vous l'apprendre. »

À peine fut-il sorti, que le concert commença. Des sifflets pénibles partirent aux deux bouts de la salle, avec des quintes de joie. Quelques vieilles bavaient, à force de plaisir. D'autres frappaient leurs draps, dans un paroxysme de rire. Et la 53, soulevée tout entière, hurla en brandissant sa pipe : « Pourquoi, mon enfant ? Parce que nous avons pétitionné contre toi. Toute la salle. Ton œil rouge nous *dégoûte*. Nous ne pouvons plus manger. »

Comme dans un chœur rauque toutes les malades s'écrièrent, avec un râle de poitrine : « Oui, ton œil nous *dégoûte !* »

La 52, stupéfiée, restait adossée à son oreiller. Sur sa gauche, une femme, dont les muscles des yeux étaient paralysés, remuait la tête d'un côté, de l'autre, en haut, en bas, à la manière d'un perroquet, les prunelles fixes, pour se repaître de sa vexation. Sur sa droite, une vieille, atteinte de paralysie agitante, claquait frénétiquement des mâchoires, et, dans un mouvement ininterrompu, le masque sans plis, roulait de continuelles cigarettes imaginaires, au ras de la couverture.

Le sabbat de Mofflaines

À Jean Lorrain.

Colart, seigneur de Beaufort et chevalier, rentrant par la ville d'Arras un soir qu'il avait bu tard de l'hypocras au miel à l'hôtel du Cygne, passa au long du cimetière. Là, sous la lumière de la lune, qui paraissait rouge parce qu'elle était couronnée de brouillard, il vit trois filles de joie se tenant les mains. Elles marmonnaient subtilement et souriaient du bout des lèvres. Elles le prirent très doucement sous les bras, et deux lui dirent qu'elles se nommaient Blancminette et Belotte, et la troisième, qui était Flamande, secoua ses cheveux blonds et lui parla dans son jargon. Les autres l'appelaient Vergensen.

Le chevalier de Beaufort, approchant, vit qu'elles tournaient autour d'une dalle blanche. Et les trois filles de joie rirent de lui, quand il recula ; car elles versaient sur la pierre l'eau royale d'un flacon vert – et la pierre se prit à bruire comme de la chaux vive. Et elles y jetèrent des lézards éventrés, des cuisses de grenouilles, des museaux poilus de rats, des pattes d'oiseaux nocturnes, de l'arsenic rocher, le sang noir d'un bassin de cuivre, des bandes de linge souillé, des racines de mandragore et les longues fleurs de la digitale qu'on nomme doigts de mort. Et cependant elles disaient sans cesse : « Chevaucheurs d'escovettes, chevaucheurs d'escovettes, chevaucheurs d'escovettes. »

Aussitôt Colart ne sut plus en quel lieu du monde il était. Mais Belotte, Blancminette et Vergensen le conduisirent vers un vieux four à chaux qui bâillait près du cimetière. Il se tint sous l'ombre de la porte blanche, et une femme en sortit, sans cotte, ni souliers, ni atours ; elle semblait n'être vêtue que d'une longue chemise marquée d'anneaux lunaires, et son visage était mi-couvert par un chaperon noir. Les trois filles de joie battirent des mains, criant : « Demiselle, Demiselle, Demiselle. »

Or cette Demiselle avait dans ses mains un petit pot de terre et des vergettes de bois. Elle oignit cinq vergettes avec un oignement noir qui était dans le pot, et les trois filles de joie les placèrent entre leurs jambes, les chevauchant à la manière d'un cheval. Et Demiselle en fit faire autant au chevalier de Beaufort. Et elle leur oignit de son doigt les paumes de leurs mains ; d'où soudain Colart se trouva volant par l'air de la nuit avec les quatre femmes. Car de la vergette ointe qui était entre ses jambes, il lui semblait que ce fût un cheval vagabond au vol silencieux, et de ses mains teintes d'onguent des membranes griffues pareilles à des ailes.

Comme ils volaient par-delà la cité d'Arras, le chevalier Colart interrogea les trois filles. Et elles lui dirent qu'elles allaient vers leur Maître au bois de Mofflaines qui est à une lieue dans la campagne. Et Vergensen, secouant la tête, rit encore dans l'air.

Ils s'abattirent dans une clairière faiblement lumineuse. Les masses de feuillage tremblaient. Il y avait une table prodigieusement longue, dont l'extrémité se perdait dans la forêt, près des hautes fontaines. Elle était chargée de viandes rouges, brunes et blanches, de quartiers de mouton, de poitrines de bœuf, de cuisses de chevreuil et de têtes de sangliers. Les volailles s'y entassaient en piles, avec de la graisse sous leurs peaux fines, et de grosses oies en broche étaient fichées au haut bout. Les saucières étaient pleines jusqu'au bord de verjus et de brouet au sucre mol. Les plats scintillaient comme de l'argent et de l'or sous les flans, darioles et couronnes de pâte frite. Les hanaps fumaient ; car ils étaient rouges de vin tiède et il y avait des cruches d'hydromel blond qui moussait. Et par toute la table, aussi loin qu'on voyait, des femmes nues étaient couchées, qui plongeaient leurs talons dans des coupes ovales, parmi les verreries et les pots de madre et d'émail. Mais au milieu, assis mi-partie sur les femmes et sur les viandes, se dressait un grand chien noir, les pattes écartées, la gueule sanglante, aboyant à la lune.

Or le chien jeta un aboi vers Demiselle, et Colart resta frissonnant entre Belotte et Blancminette, car Vergensen, se dépouillant nue, s'était élancée vers la table et avait baisé le museau sombre du grand chien. Et il parut au chevalier que le chien, en retour, mordit la Flamande à la gorge, dont elle garda un triangle rouge comme si elle eût été marquée au fer. Toutefois Colart prit place entre Belotte et Blancminette, et on lui fit boire, dans un vase de forme singulière, une liqueur chaude qui avait goût d'encre. Et sitôt après, il vit que ce qui lui avait semblé un chien noir était un singe vert accroupi, avec une queue cinglante, une mâchoire claquante et des yeux de feu. Plusieurs des convives vinrent lui baiser la patte, et il leur enfonçait sa griffe à l'entour de la bouche. Là Colart de Beaufort reconnut une dame bien haute d'Arras, Jehanne d'Auvergne, et Huguet Camery, barbier, que l'on nommait Patenôtre, et Jehan Le Fèvre, sergent d'échevins, avec plusieurs autres échevins, seigneurs, clercs et notables de la cité, même un vieux peintre qui pouvait avoir soixante-dix ans, dont la barbe était blanche, Jehan Lavite, et qu'il connaissait bien.

Ce vieux peintre paraissait là en grand honneur, et les autres l'appelaient Abbé de Peu-de-Sens, et il tirait par révérence son cappel à droite et à gauche. Étant rhétoricien, il récita plusieurs dictiers et belles ballades de joyeuse vie, et l'une à la louange de la Vierge Marie, à la fin de laquelle il découvrit sa tête et dit : « Ne déplaise à mon Maître ! » Ce qui fit rire Vergensen, et le singe vert lui tira les cheveux sous son chaperon.

L'Abbé de Peu-de-Sens vint vers le chevalier, et le salua bien dévotement du nom de « beau sire », et lui dit qu'il voulait l'amener à son maître pour lui rendre hommage, cependant lui commanda de cracher pendant le chemin. Et Colart, le suivant, fut étonné de peur ; car il y avait à terre un long crucifix où les convives mettaient leurs pieds et qu'on lui ordonnait de souiller. Puis il vint devant le singe vert, et là connut qu'il s'était trompé, voyant que le singe vert était proprement un bouc avec des pieds fourchus, ayant à la vérité une longue queue à la ressemblance d'un singe. L'Abbé de Peu-de-Sens lui mit en main deux chandelles ardentes, et lui dit qu'il allât ainsi à genoux baiser le derrière du bouc, ce qui est la façon de lui rendre hommage. Et Colart portant les deux chandelles allumées, tous les chevaucheurs à gauche crièrent : « Hommage, hommage ! » et les chevaucheuses à droite : « Notre Maître, notre Maître ! » Le bouc se tourna et Colart obéit, pensant que sa bouche fût devenue ardente et poussât de la fumée.

Et ceci fait, le bouc appela les chevaucheuses à gauche et les chevaucheurs à droite, et loua Colart pour sa foi ; et l'Abbé amena d'autres nouveaux avec deux chandelles au poing, et ils baisèrent le bouc en la manière qu'avait fait le chevalier. Puis, parmi les femmes nues et l'Abbé qui récitait des lays, tous se mirent à manger et à boire. Et soudain il y eut un souffle de vent froid et le ciel devint gris parmi les feuilles. Les chevaucheuses et les chevaucheurs mirent leurs escovettes entre leurs jambes, et Colart se trouva de nouveau volant à travers l'air du matin. Et Demiselle disparut d'abord, ensuite Belotte et Blancminette ; mais Vergensen était restée avec le bouc dans le bois de Mofflaines.

Toutes choses qui furent confessées par Colart, chevalier, seigneur de Beaufort, après que l'évêque d'Arras l'eut mis en gehenne dans ses prisons. Car avant lui on avait livré à la justice laïque Demiselle, Belotte et Blancminette, filles de joie, avec l'Abbé de Peu-de-Sens. Ils furent mitrés d'une mitre où était peinte la figure du diable dans les flammes, et brûlés sur des échafauds, quoique l'Abbé se fût coupé la langue d'un petit couteau pour ne point répondre par sa bouche à la torture. Pour la Flamande aux cheveux blonds, qui riait en chevauchant au sabbat, on ne put la trouver, et Colart ne la revit jamais. Car le chevalier ne fut pas brûlé. Le duc de Bourgogne envoya de Bruxelles son héraut favori, Toison d'Or, pour entendre sa confession. Toison d'Or implora la grâce de la justice ecclésiastique. Colart de Beaufort fut mitré de la mitre où était peinte la figure du diable, et enfermé pendant sept ans, au pain et à l'eau, dans une des chartres de l'évêque d'Arras qu'on appelait le *Bonnel*.

La machine à parler

À Jules Renard.

L'homme qui entra, tenant un journal à la main, avait les traits mobiles et le regard fixe ; je me souviens qu'il était pâle et ridé, que je ne le vis pas une fois sourire, et que sa manière de poser un doigt sur sa bouche était pleine de mystère. Mais ce qui arrêtait d'abord l'attention, c'était le son étouffé et précipité de sa voix. Lorsque sa parole était lente et basse, on entendait les tons graves de cette voix, avec de soudains silences de vibrations, comme s'il y avait des harmoniques lointaines frissonnant à l'unisson ; mais presque toujours les mots se pressaient sur ses lèvres, et jaillissaient sourds, entrecoupés, discordants, semblables à des bruits de fêlure. Il paraissait y avoir en lui sans cesse des cordes qui cassaient. Et de cette voix toutes les intonations avaient disparu ; on n'y sentait pas de nuances comme si elle eût été prodigieusement vieille et usée.

Cependant le visiteur que jamais je n'avais vu, s'avança et dit : « Vous avez écrit ces lignes, n'est-il pas vrai ? »

Et il lut : « La voix qui est le signe aérien de la pensée, par là de l'âme, qui instruit, prêche, exhorte, prie, loue, aime, par qui se manifeste l'être dans la vie, presque palpable pour les aveugles, impossible à décrire parce qu'elle est trop ondoyante et diverse, trop vivante justement et incarnée en trop de formes sonores, la voix que Théophile Gautier renonçait à dire dans des mots parce qu'elle n'est ni douce, ni sèche, ni chaude, ni froide, ni incolore, ni colorée, mais quelque chose de tout cela dans un autre domaine, cette voix qu'on ne peut pas toucher, qu'on ne peut pas voir, la plus immatérielle des choses terrestres, celle qui ressemble le plus à un esprit, la science la pique au passage avec un stylet et l'enfouit dans des petits trous sur un cylindre qui tourne. »

Lorsqu'il eut achevé, sa parole tumultueuse n'apportant à mes oreilles qu'un son emmitouflé, cet homme dansa sur une jambe, puis sur l'autre, et sans ouvrir les lèvres eut un ricanement sec qui craqua.

– La science – dit-il – la voix… Plus loin encore vous avez écrit : « Un grand poète a enseigné que la parole ne pouvait se perdre, étant du mouvement, qu'elle était puissante et créatrice, et que peut-être, aux limites du monde, ses vibrations faisaient naître d'autres univers, des étoiles aqueuses ou volcaniques, de nouveaux soleils en combustion. » Et nous savons tous deux, n'est-ce pas, que Platon avait prédit, bien avant Poë, la puissance de la parole : Οὐχ ἁπλῶς πληγὴ ἀέρος ἔστιν ἡ φωνή. « La voix n'est pas qu'un frappement sur l'air : car le doigt en s'agitant, peut frapper l'air et ne pourra jamais faire de la voix. » Et nous savons aussi qu'un jour du mois de décembre 1890, le jour anniversaire de la mort de Robert Browning, on entendit sortir à Edison-House du cercueil d'un phonographe la voix vivante du poète, et que les ondes sonores de l'air peuvent ressusciter à tout jamais.

« Vous êtes des savants et des poètes ; vous savez imaginer, conserver, ressusciter même : la création vous est inconnue. »

Je regardai l'homme avec pitié. Une ride profonde traversait son front de la pointe des cheveux à la racine du nez. La folie semblait hérisser ses poils et illuminer les globes de ses yeux. L'aspect du visage était triomphant, comme chez ceux qui se croient empereur, pape ou Dieu, et méprisent les ignorants de leur grandeur.

– Oui, continua cet homme – et sa voix s'étouffait à mesure qu'elle voulait devenir plus forte – vous avez écrit tout ce que savent les autres et la plupart des choses qu'ils peuvent rêver ; mais je suis plus grand. Je peux, si Poë le veut, créer des mondes en rotation et des sphères enflammées et hurlantes, avec le son d'une matière qui ne possède pas d'âme ; et j'ai surpassé Lucifer en ceci que je puis forcer les choses inorganisées à des blasphèmes. Jour et nuit, à ma volonté, des peaux qui furent vivantes et des métaux qui ne le sont peut-être pas encore, profèrent des paroles inanimées ; et s'il est vrai que la voix crée des univers dans l'espace, ceux que je lui fais créer sont des mondes morts avant d'avoir vécu. Dans ma maison gît un Béhémoth qui beugle à l'indication de ma main ; *j'ai inventé une machine à parler.*

Je suivis l'homme qui se dirigeait vers la porte. Nous passâmes par des voies fréquentées, des rues turbulentes ; puis nous parvînmes aux faubourgs de la ville, tandis que les becs de gaz s'allumaient un à un derrière nous. Devant la poterne basse d'un mur noirci, l'homme s'arrêta, et tira un verrou. Nous pénétrâmes dans une cour obscure et silencieuse. Et là mon cœur fut plein d'angoisse : car j'entendais des gémissements, des cris grinçants et des paroles syllabisées, qui semblaient mugies par un gosier béant. Et ces paroles n'avaient aucune nuance, ainsi que la voix de mon guide, si bien que, dans cet agrandissement démesuré des sonorités vocales, je ne reconnaissais rien d'humain.

L'homme me fit entrer dans une salle que je ne pus regarder, tant elle me parut terrible par le monstre qui s'y dressait. Car il y avait à son centre, élevée jusqu'au plafond, une gorge géante, distendue et grivelée, avec des replis de peau noire qui pendaient et se gonflaient, un souffle de tempête souterraine, et deux lèvres énormes qui tremblaient au-dessus. Et parmi des grincements de roues, et des cris de fil en métal, on voyait frémir ces monceaux de cuir, et les lèvres gigantesques bâillaient avec hésitation ; puis, au fond rouge du gouffre qui s'ouvrait, un immense lobe charnu s'agitait, se relevait, se dandinait, se tendait en haut, en bas, à droite, à gauche ; une rafale de vent bouffant éclatait dans la machine, et des paroles articulées jaillissaient, poussées par une voix extrahumaine. Les explosions des consonnes étaient terrifiantes ; car le P et le B, semblables au V, s'échappaient directement au ras des bords labiaux enflés et noirs : ils paraissaient naître sous nos yeux ; le D et le T s'élançaient sous la masse hargneuse supérieure du cuir qui se rebroussait ; et l'R, longuement préparé, avait un sinistre roulement. Les voyelles, brusquement modifiées, giclaient de la gueule béante comme des jets de trompe. Le bégaiement de l'S et du CH dépassait en horreur des mutilations prodigieuses.

– Voici, dit l'homme en posant sa main sur l'épaule d'une petite femme maigre, contrefaite et nerveuse, l'âme qui fait mouvoir le clavier de ma machine. Elle exécute sur mon piano des morceaux de parole humaine. Je l'ai dressée à l'admiration de ma volonté : ses notes sont des bégaiements, ses gammes et exercices, le ba be bi bo bu de l'école, ses études, les fables de ma composition, ses fugues, mes pièces lyriques et mes poésies, ses symphonies, ma philosophie blasphématoire. Vous voyez les touches qui portent dans leur alphabet syllabique, sur leur triple rangée, tous les misérables signes de la pensée humaine. Je produis concurremment, et sans que la damnation intervienne, la thèse et l'antithèse des vérités de l'homme et de son Dieu.

Il plaça la petite femme au clavier, derrière la machine. « Écoutez », dit-il de sa voix étouffée.

Et la soufflerie se mit en mouvement sous les pédales ; les plis pendant à la gorge se gonflèrent ; les lèvres monstrueuses tressaillirent et bâillèrent ; la langue travailla, et le mugissement de la parole articulée fit explosion :

au com-men-ce-ment fut le ver-be

hurla la machine.

– Ceci est un mensonge, fit l'homme. C'est le mensonge des livres qu'on dit sacrés. J'ai étudié des années et des années ; j'ai ouvert des gorges dans les salles de dissection ; j'ai entendu les voix, les cris, les pleurs, les sanglots et les prêches ; je les ai mathématiquement mesurés ; je les ai retirés de moi-même et des autres ; j'ai brisé ma propre voix dans mes efforts ; et, tant j'ai habité avec ma machine, je parle *sans nuances* comme elle ; car la nuance appartient à l'âme, et je l'ai supprimée. Voici la vérité et la nouvelle parole. Et il cria, au plus haut de sa voix – mais la phrase retentit comme un murmure rauque : « La Machine va dire :

j'ai créé le verbe

Et la soufflerie se mit en mouvement sous les pédales ; les plis pendant à la gorge se gonflèrent ; les lèvres monstrueuses tressaillirent et bâillèrent ; la langue travailla, et la parole fit explosion dans un monstrueux bégaiement :

ver-be ver-be ver-be

Il y eut un déchirement extraordinaire dans les fils, un craquement de rouages, un affaissement de la gorge, un flétrissement universel des cuirs, une fusée d'air qui emporta les touches syllabiques en débris ; et je ne pus savoir si la machine s'était refusée au blasphème, ou si l'exécutante de paroles avait introduit dans le mécanisme un principe de destruction : car la petite femme contrefaite avait disparu, et l'homme, dont les rides sillonnaient la figure totalement tendue, agitait

les doigts avec fureur devant sa bouche muette, ayant définitivement
perdu la voix.

Blanche la sanglante

À Paul Margueritte.

Après que Guillaume de Flavy se sentit las des guerres et de la politique, il voulut augmenter son héritage et prendre femme. C'était un grand homme, et fort, large des épaules, mamelu et velu de poitrine ; posant ses deux mains sur deux chevaliers armés, il les faisait plier jusqu'à terre. Il chaussait ses houseaux et passait lui-même dans la glèbe, à travers la boue, frappant de sa main épaisse le dos des hommes crottés qui se courbaient parmi les sillons. Sa face carrée était rouge par le sang qui lui battait toujours les tempes, et les os des viandes craquaient entre ses mâchoires.

Près de Reims, il vit un jour, chevauchant à la lisière de ses prairies, les champs de Robert d'Ovrebreuc. Il mit pied à terre et entra dans la grande salle de la maison. Les huches, rangées le long des murs, vastes, propres à cacher les gens, avaient un air minable ; la table du ménage était boiteuse, les ferrailles du foyer rouillées, la broche enduite d'un demi-pouce de crasse. On voyait çà et là un tablier de cordonnier, des alênes, des marteaux plats ; et dans un coin un homme, jambes croisées, tirait l'aiguille sur une chemise de grosse toile. Mais accroupie sur les pierres de l'âtre, le regard étonné, clair, des cheveux d'or semés autour de sa figure pâle, une petite fille tournait sa tête vers Guillaume de Flavy. Elle pouvait avoir dix ans ; sa poitrine était plate, ses membres grêles, ses mains menues ; et la bouche était celle d'une femme, tranchée dans la face pâle comme une coupure saignante.

C'était Blanche d'Ovrebreuc ; son père était devenu, peu de jours avant, par succession, vicomte d'Acy. Le dos rond, la barbe longue, les mains rendues aptes seulement aux outils, il avait, en considérant ses fiefs, l'aspect surpris et inquiet d'un homme qui manie un objet dangereux. L'écuyer anglais Jacques de Béthune, qui servait sous Luxembourg, était déjà venu demander la fille, et son père, incertain, ne savait s'il fallait attendre mieux. Les terres de succession étaient grevées de trois cent mille écus ; l'ancien vicomte d'Acy en devait, de sa personne, bien dix mille ; peut-être les Anglais ou les Luxembourgeois s'arrangeraient-ils de cela.

Mais ce fut Guillaume de Flavy qui emporta la petite Blanche. Il paya les dettes pour garder les terres. L'ayant épousée par juste mariage, il promit de ne l'épouser vraiment que dans trois ans. Ainsi, homme de grande mine, il mit la main sur les fiefs d'Acy et sur un être grêle, sauvage, enfant. Trois mois après, la petite Blanche, les sourcils froncés, l'œil pâle, errait par le château comme une chatte malade, ayant connu les épousailles cruelles de Guillaume de Flavy.

Elle ne comprenait pas, et ne pouvait comprendre. Elle était bien différente d'âge et de forme. L'homme était dur pour elle, comme pour son barbier : quand il s'était essuyé la bouche, à table, du revers de la main, il jetait les viandes dont il ne voulait plus à la figure de ce barbier obséquieux. Il hurlait et jurait continuellement, ayant gardé le gouvernement de son vin et des mangeailles. Il ramenait les plats devant lui, laissant aux deux bouts de la table le père et la mère de Blanche, une mère qui avait déjà la tête branlante et des os qui lui faisaient des encoignures au corps : elle vivota quelque temps, presque sans manger, presque sans parler, ancienne, inintelligible, devint blafarde et mourut. Le père, ayant dépéri comme s'il avait pris du poison, signa des actes pour Flavy, après boire ; il avait abandonné les terres, chargées de dettes, et se frottait les mains, en chantonnant, pour sa bonne rente viagère. Mais, ne mangeant plus, il voulut avoir l'argent, cria faiblement, pauvre créature effarée, composa de son écriture tremblée un rôle de plaintes pour le roi. Guillaume saisit les papiers au passage ; le vieux gémit ; les valets le mirent en basse-fosse et, l'ouvrant au soleil un mois plus tard, ils trouvèrent un cadavre sec, les dents fixées dans un soulier dont les rats avaient rongé la pointe.

La petite Blanche devint extraordinairement gourmande. Elle mangeait des sucreries à en mourir, et sa bouche sanglante était gorgée de pâtes rondes et de crèmes. Penchée sur la table, les yeux près des viandes, elle dévorait rapidement, avec un regard toujours limpide ; puis elle buvait de grands traits de vin, pineau ou morillon, la tête en arrière ; on voyait passer sur sa figure une onde de plaisir ; elle renversait un gobelet de vin dans sa bouche ouverte largement en dessous, le gardait sans l'avaler, les joues gonflées, et le faisait gicler d'elle dans le visage des convives, comme une fontaine vivante.

Chancelante après le repas, elle se levait ; et, prise de vin, elle se mettait debout contre le mur, comme un homme.

Ses façons plurent au bâtard d'Aurbandac, noir et malfaisant, dont les sourcils se joignaient en ligne au-dessus du nez. Il venait souvent vers Flavy, dont il était le parent, et dont il attendait impatiemment les terres. Étant souple, nerveux, les jarrets d'acier, les poignets forts, il regardait d'un air narquois le corps pesant de Guillaume. Mais la petite Blanche n'en était pas touchée. Il lui parla dès lors avec délicatesse de ses robes ; s'étonna de lui voir encore sa toilette de noces (car il la trouvait grandie depuis) ; il cita de petites bourgeoises qui avaient des robes d'écarlate, de Malines ou de fin vair, fourrées de bon gris, à grandes manches, avec un chaperon dont la longue cruche laissait pendre un tissu de soie rouge ou verte, qui traînait jusqu'à terre. Elle écouta comme si on lui parlait d'un costume de poupée. Alors le bâtard d'Aurbandac lui fit raison, le verre en main, et la fit boire et rire, et lui donna des sucreries, raillant son mari, de sorte qu'elle éclaboussait le vin comme un oiseau qui se baigne, en battant des ailes dans une ornière pleine.

Le barbier, dont la face longue portait des marques d'os de gigot, se penchait entre eux ; et il mit sa tête avec celle du bâtard. Ils complotèrent de prendre le château ; que ce serait le bâtard qui l'aurait, la femme étant à merci de chacun par son innocence, pourvu qu'elle eût la clef de la cave et du garde-manger.

Un soir Guillaume de Flavy, trébuchant sur le seuil, se heurta la figure : il se fit une plaie qui lui ouvrait la joue et le nez. Il cria pour avoir le barbier, qui apporta presque aussitôt des toiles ointes, d'une singulière odeur. La nuit passant, la figure de Guillaume enfla ; la peau était blanche et tendue, avec des traînées brunes ; les yeux proéminents pleuraient sans cesse, et la blessure avait le hideux aspect des chairs mortifiées.

Toute la matinée il resta dans un fauteuil, hurlant de douleur ; la petite Blanche semblait terrifiée, tant qu'elle oublia de boire ; et elle regardait Guillaume de l'autre bout de la chambre avec ses yeux transparents, tandis que sa bouche, très rouge, remuait faiblement.

À peine Guillaume fut-il monté dormir, veillé par l'écuyer Bastoigne, que le château retentit de mille bruits légers. Blanche écoutait, l'oreille à la porte, un doigt sur les lèvres. On entendait des heurts étouffés de cottes de mailles, de sourds choquements d'armes, le guichet de la grosse poterne qui grinçait, un grésillement inaccoutumé dans la cour ; quelques lueurs incertaines de falots passaient et repassaient. Cependant les torches de résine, dans la grande salle où les pièces de viande étaient encore dressées, brûlaient avec une flamme droite et un long filet fumeux à travers l'air calme.

Blanche monta doucement de son pas d'enfant vers la chambre de son mari : il dormait sur le dos, sa figure enflée, entourée de bandages, tournée vers les poutres supérieures. Bastoigne sortit parce que Blanche allait se mettre au lit. Elle s'y faufila en effet et saisit la hideuse tête sous son bras, en la flattant. Guillaume respirait avec difficulté, à souffles inégaux. Alors la petite Blanche se jeta en travers, prit l'oreiller, le maintint solidement sur la figure emmaillotée, et fit glisser un judas, ordinairement scellé au-dessus du lit.

La tête noire du bâtard y passa : il rampait avec précaution. D'un bond, il fut à genoux sur la poitrine de Guillaume et lui asséna sur la tête, deux, trois coups, avec un bâton fendu qu'il traînait. L'homme émergea des draps et un cri horrible jaillit de sa bouche tuméfiée. Mais le barbier, sortant sous les sangles, saisit à bras-le-corps Bastoigne qui ouvrait la porte ; et le bâtard trancha la gorge de Guillaume avec une langue-de-bœuf qu'il avait à la ceinture. Le corps se redressa et roula par terre, entraînant la petite Blanche ; elle resta sur le sol, gisant sous le cadavre chaud, recevant le sang tiède qui lui coulait dans le cou, parce que sa robe était prise sous son mari agonisant, et qu'elle n'était pas assez forte pour se dégager.

Le barbier prévenant aida la petite Blanche à se relever, pendant que le bâtard se ruait à la fenêtre ; et comme Blanche d'Ovrebreuc, vicomtesse d'Acy, était religieuse, elle essuya sa bouche et la figure de son mari avec son chaperon de Picardie, le lui mit sur sa face gonflée et dit de sa voix enfantine trois *Pater* et un *Ave* parmi les cris des hommes du bâtard d'Aurbandac, qui cherchaient les coffres d'avoine.

La grande-Brière

À Paul Hervieu.

Après les routes encaissées, sillonnées d'ornières boueuses où la carriole cahotait, où le cheval relevait rudement du cul, où le cocher qui fumait sa pipe courte jurait et tapait son grand chapeau sautant au vent, des terres stériles s'étendirent devant nous, semées de pierres grises. Les ajoncs y poussaient par bouquets, avec des genêts rares. Plus loin le sol descendait par une pente régulière et devenait vaseux ; de grandes mares s'ouvraient sur les côtés du chemin et les hideuses grenouilles s'y plongeaient à corps perdu. La ferme, chapée de chaume moisi, s'allongeait entre deux masures basses sur un tapis de paille hachée, détrempée de purin.

Une femme parut à la porte, le tablier relevé ; elle nous regarda d'un air soupçonneux, et quand nous entrâmes, elle marmotta des paroles malignes. Le sol était de terre battue ; les poutres noires qui couraient le long du plafond portaient des pains ronds dorés. Les andouilles pendaient par rangées et des quartiers de salé s'entassaient sur une travée. Dans la fenêtre, deux ouvrières jetaient la navette sous un métier à tisser, où les fils se croisaient et se décroisaient à chaque battement de la mécanique. L'une d'elles avait un grand pli dans le front, des yeux noirs encavés sous des sourcils durs ; les seins paraissaient petits, mais fermes, dans le corsage à lacets ; tout le corps était d'une maigreur gracieuse.

D'une mine revêche la paysanne donna du beurre, poussa le chapeau de la table posée sur un coffre, coupa des liches de pain, cassa ses œufs dans un plat de terre jaune. Quand nous demandâmes à « aller en marais », elle nous regarda avec fureur et appela son homme. Il était derrière la porte, dans l'étable à bœufs ; son pantalon effiloqué pendait autour de ses sabots cerclés de fer, et deux larges bretelles soutenaient la ceinture à mi-poitrine. Sa figure était mince et inquiète ; ses yeux erraient perpétuellement vers tous les objets ; il caressait ses favoris blancs avec crainte.

– Dans le marais, que vous voulez aller ? demanda-t-il. À quoi faire ? V'là les eaux qui sont basses ; c'est du patouillage que de virer là-dedans. À moins qu'il y aurait deux gaffes ; j'pourrons point seul, bien sûr.

– Prends Marianne quat'et toi, dit la femme. Alle est forte, à c'te heure. L'une des couseuses, qui avait le pli dans le front, leva le nez.

– C'est toujours pas après le canard que vous venez, reprit l'homme. Pardon, excuse, des fois. Parce qu'il y en a pas encore – quéque bande dans la rouche, peut-être ben. – Et pis toi, dit-il à la couseuse, t'as pas évu les chasse-marées à c'te nuit ? Tu veux ben venir aux « demoiselles de Pornichet » ?

Marianne fronça le sourcil et rajusta sa robe. Le paysan se tourna vers nous et continua : « C'est un malheur. V'là eune fille qu'est ben venue, et qu'a censément la tête tournée. Alle travaille dans eune maison, devers là, chez des fumelles de Paris. Ça lui prend à la minuit ; c'est un poids qu'alle a sus la poitrine. A's'tourne, a's'retourne – ça fait rien. A'bise sa couaille sur son lit, alle la magne, alle la roule dans ses pocres, alle lui fait des amiquiés comme à eune personne ; a'va lui quéri des migeots dans l'guernier, pour lui sucrer le bec – et pis alle la bigeotte encore, alle lui dit des mots, que ça fait pitié. A'n'entend rien et ses yeux sont fermés, qu'il y a de pis… – Après, jusqu'à la mariénée, la v'là partie à dormi. Son promis, qu'alle a de l'an passé, a'veut p'us le souffri. A'pleure des fois ; alle dit qu'a'voudrait ben s'marier quat'et lui, mais qu'c'est p'us possible. Ça nous tourne les sangs. »

Elle semblait ne pas l'entendre, et nous attendait, sur le seuil, avec les armements du bachot. C'était une embarcation à fond plat, fraîchement goudronnée. L'homme nous poussa vers le chenal étroit, sinueux, qui menait au large du marécage. L'eau était noire, à cause du sol – une tourbière brune creusée de sillons tourmentés. À mesure que nous glissions au ras des nénuphars, la plaine s'étendait à droite et à gauche, couverte au loin d'ajoncs jaunâtres et de rouche verte ; les grandes tiges flexibles se courbaient par masses sous le vent. Comme une prairie sauvage à moitié inondée, la Grande-Brière s'allongeait jusqu'à l'horizon avec ses hautes herbes frissonnantes. De loin en loin le bachot raclait la tourbe et butait contre un terre-plein chevelu, d'où s'élançait la rouche ; on le retournait, et il glissait de nouveau parmi les tiges rousses de nénuphars et les herbes rouges d'eau douce. Un ciel pâle, cendré, jetait sur la Brière une lumière tamisée ; des vols d'oiseaux partaient au-dessus des roseaux, avec des cris rauques.

Par places, les rayons vaporeux du soleil faisaient parmi les pieds d'herbages des miroirs blancs et vagues ; l'eau tremblait entre les tiges ; les roseaux se croisaient sur les mottes de tourbes, et les racines blanches qui affleuraient semblaient des paquets d'anguilles pâles mortes d'ennui.

– On verra pas de demoiselles, dit le paysan. Sa fille se retourna sur le coup et montra une volée de bêtes, à droite. Nos fusils étaient prêts : la salve n'amena qu'un oiseau qui s'abattit lentement, décrivant une spirale dans l'air. Quand il toucha l'eau froide, il se mit à sautiller, battant la surface de l'aile, criant vers la lumière. Les jambes nues, l'homme alla le pêcher ; il le tenait par la patte rouge. La « demoiselle de Pornichet » avait le corps gris tendre, la tête noire, le bec rose et long, avec des narines effilées. À ses cris la bande de ses sœurs vint planer au-dessus du bateau – une nuée de sœurs qui piaillaient, tournoyant et s'abaissant, se relevant brusquement pour fuir à tire-d'aile jusqu'à être des points noirs dans la cendre roussâtre du ciel, puis grossissant peu à peu jusqu'à courir sur nous, les ailes éployées, le bec ouvert, menaçantes et éperdues.

Bientôt la « demoiselle » se balança au bout d'une gaffe, fichée dans la tourbe ; attachée par une patte elle tournait lamentablement et agitait son moignon d'aile, poussant par son bec béant des appels désespérés. La troupe entière, attirée, répondait par des plaintes ; une pointe se détachait d'en haut et l'oiseau extrême tâchait de la délivrer. Nous tirions cependant et les « demoiselles » tombaient par grands cercles, plongeant dans l'eau avec la tête noire et le bec rouge qui hochaient par l'agonie. La chaîne ailée des autres, serpentant sur nos têtes, pleurait toujours.

– Ça s'entraide, les demoiselles, dit l'homme. C'est plus maniable à tuer. Comme il parlait, au fond du chenal opposé, parut une barque verte, semblable à un animal né dans la rouche et qui habiterait la Brière. On distinguait un homme debout, à l'avant, et, derrière, une petite tache noire et rouge devait être un chapeau de femme. « V'là ta maîtresse, reprit le paysan ; a'vient en Brière avant de partir à Paris se marier. Ça serait point de mauvais exemple pour té de prendre un homme. »

Le cri sauvage qui jaillit des lèvres de Marianne arrêta ses paroles. Elle était appuyée sur sa gaffe ; ses yeux noirs dardaient des flammes – la ride de son front était profondément creusée. « Ah ! alle s'en va ! cria-t-elle. Ah ! alle mène son amoureux en Brière ! Et moi, où donc j'irai ? C'est pas des choses à faire. J'avais un promis – j'en ai plus – j'sis maigre à ç't-heure, et pis osseuse – j'ons la tête virée – c'est alle qui en est cause. N'y a pas de chasse-marée – c'est la Parisienne ; n'y a pas de couaille – c'est la Parisienne. A'm'a jeté un sort ; je ne pouvais pas durer sans alle, et je peux pas encore. Mais a'partira point, non dà, point du tout. Je la ferai rester, mé ! »

Affaissée sur la banquette, elle pleurait par grandes secousses, la figure cachée dans sa jupe ; et la mine du paysan était devenue plus inquiète, et nous nous regardions en silence, ne sachant que penser. L'homme poussait le bateau à coups de gaffe – et tout à coup un vol de canards partit lourdement de la rouche. Le temps de prendre la canardière, on ne voyait plus que cinq points au fond du ciel. Attirées par le départ, des « demoiselles de Pornichet » filaient par couples en avant et en arrière.

La barque verte approchait maintenant ; elle était droit devant nous. La jeune fille, assise en arrière, portait une robe gris clair avec un col rouge à larges bords, et un chapeau noir mousquetaire ; elle avait des cheveux blonds qui tombaient en frisons. Marianne cessa graduellement de sangloter ; elle se mordit les lèvres quelques instants et dit soudain :

– J'vas essayer d'en tuer, moi aussi, eune demoiselle de Pornichet !

Elle étendit le bras, saisit la canardière, épaula et fit feu. L'acte fut brusque et cruel. La jeune fille de la barque poussa un cri aigu, suivi de plaintes chevrotantes ; elle tomba, la tête penchée, comme un oiseau abattu – et son col rouge était soulevé par le râle. Nous avions saisi – trop tard – le bras de Marianne, dont la figure était paisible et cynique, le front pur et sans ride. Le soleil, baissant à l'horizon, ensanglantait la cendre du ciel et coupait la rouche verte de reflets roses. La coupole de nuages se dorait à son sommet ; un cercle de brume cintrait la prairie ronde ; les derniers reflets du jour dansaient sur la Grande-Brière. L'immensité désolée des herbages ondulants sur la tourbière inondée fuyait à perte de vue. Les « demoiselles de Pornichet » tournaient éplorées, en criant, autour de la jeune fille morte, et tiraillaient sa robe de leur bec rouge. Alors Marianne se mit à rire et dit : « Ça s'entraide, les demoiselles. C'est plus maniable à tuer. Allons, tirez ! »

Les faux-saulniers

À Charles Maurras.

Je ne puis dire comment je vins à ramer sur les galères du roi, car il y a trop de honte. Mais qu'on choisisse parmi les cinq manières de gens qui écrivent sur l'eau avec des plumes de quinze pieds, Turcs, protestants, faux-saulniers, déserteurs et voleurs : et que chacun prenne le pire ; j'ai peut-être été cela. Je connais les galères de Marseille ; le roi Soleil en tient vingt-quatre, et les forçats y sont heureux. En mer il y a grande chaleur, et sueur, et vermine, et les chaînes sont lourdes à traîner, et l'odeur de la sentine donne la peste ; mais au port, moyennant deux liards à l'algousin et au Turc, cinq liards au pertuisanier qui les mène, ils peuvent aller en ville, voir leurs femmes et ouvrir échoppe sur la rade. Dans l'Océan, il y a six galères, et j'eus le malheur d'y passer. Là nous souffrions la brume, et la pluie, et les grosses lames de fond qui nous faisaient sauter la rame, à cinq, des mains, et des paquets de mer qui trempaient notre biscuit : et le froid nous donnait faim ; nous n'avions que notre soupe de dix heures, la « jafle », de l'eau chaude avec un peu d'huile et de haricots, et le « pichrone » de vin maigre qu'on nous versait à la chiourme ne nous réchauffait pas.

Le pont de la galère est plat ; tout le long court un grand banc, où chevauchent les trois « comites », qui nous battent à la verge ; chaque fois qu'elle tombe, elle frappe trois hommes. Sous le pont, nous comptons six chambres pour les munitions et la bouche, que nous appelons Gavon, Scandelat, Campagne, Paillot, Taverne et Chambre d'Avant. Puis il y a une autre chambre étroite et noire, percée seulement par une écoutille de deux pieds carrés ; aux deux bouts, deux estrades, les « tollards » ; trois pieds de haut entre les tollards et le pont ; une baille au milieu. C'est l'hôpital de la galère. Les malades se couchent sur les tollards, avec leurs chaînes ; et, quand ils ont la fièvre, ils battent le pont de la tête et des quatre membres ; il faut ramper parmi les mourants et tenir la figure détournée de la baille.

Nos camarades sur l'Océan vert étaient faux-saulniers ; car le sel est cher sur les côtes bretonnes, la pinte y valant près de deux écus ;

tandis qu'en Bourgogne on l'achète à meilleur compte. Ceux donc qui apportent en Bretagne leur provision venant d'une autre province, sont traîtres pour la gabelle. Le roi les fait prendre, marquer, et les envoie avec nous. Il n'y avait pas de déserteurs : ils sont faciles à reconnaître, par leur figure où les grandes plaies ne sèchent jamais au soleil ; ils se sont coupé le nez pour échapper au service, et la vermine les ronge entre les deux yeux. Mais nous avions quelques joyeux compagnons de la matte, qui ne désespèrent jamais ; ils portent la tape, qui est une jolie fleur de lys, au front ou sur l'épaule, et parfois le collier rouge de la corde du gibet.

Les faux-saulniers enduraient mieux que nous, étant accoutumés au ciel gris, à la mer jaune et verte ; mais ils ne riaient jamais, parce qu'ils étaient toujours révoltés. Aussi ceux qui avaient été avec nous à Marseille n'allaient point en ville avec les pertuisaniers dans les maisons blanches du port où il y a des femmes à galériens : car on disait qu'ils restaient fidèles durant leur temps de peine à des filles farouches qui avaient vécu avec eux parmi les meules de sel.

La nuit du Mardi gras 1704 notre galère *La Superbe* était par le travers des côtes du pays gallot. Le capitaine, M. d'Antigny, avec les officiers, avait invité nos trois « comites » et nous étions librement couchés sur le pont, heureux de pouvoir nous gratter sous nos vestes rouges et nos chemises de grosse toile, de pouvoir ôter nos bonnets et frotter nos têtes rases aux bastingages. D'ordinaire, la nuit, il fallait supporter les démangeaisons sans bouger ; le cliquetis de la chaîne réveillait les officiers, et la verge s'abattait sur nos pauvres camarades.

Quatre faux-saulniers étaient étendus dans la chambre aux tolards, cruellement liés, le corps saignant ; ils avaient reçu dans la journée la corde à nœuds, allongés nus sur notre canon de bronze, le Coursier ; et nous les entendions gémir sous le pont.

J'allais m'assoupir, quand le Vogue-avant, auquel j'étais enchaîné, me toucha sur l'épaule. Chacun de nous est attaché à un Turc ; et nous les appelons Vogue-avant parce qu'ils tiennent le bout de la rame, étant plus experts que nous, comme maîtres-rameurs que le roi achète pour les galères. « Regarde, me dit le Vogue-avant ; il y a des brûlots en mer. »

La brume était légère : mais on ne voyait pas les côtes. Rien qu'une longue ligne d'écume lumineuse, et, par endroits, comme des feux blancs qui semblaient pétiller, jaunir et verdir.

Dans la Méditerranée, la guerre m'avait accoutumé aux brûlots. Les brigantines du duc de Savoie, qui croisaient contre nous, sortant de Villa-Franca, de Saint-Hospitio et d'Oneglia, les lançaient la nuit, à la dérive, et nous les coulions avec le Coursier qui tire des boulets de trente-six livres.

Mais ici, sur l'Océan, je ne savais plus rien. Les brûlots que je connaissais étaient rouges et mouvants : tandis que les feux que nous voyions étaient fixes, de lueur blanche, avec de brusques traînées jaunes. La mer avait de grandes ondulations calmes ; le pilote veillait près du fanal, à l'avant, et, du milieu de la tente qui couvrait le pont entre les deux mâts, une seule lampe à huile pendait en balançant. Tout était si tranquille que ce ne pouvait être des flammes de détresse.

Je me roulai près du Vogue-avant, et nous soulevâmes notre chaîne, chacun d'une main. Tendant l'oreille, il nous parut que les canots ballottaient contre la quille. Nous avançâmes en rampant jusqu'à tribord, qui regardait terre, et la tête au-dessus du bastingage, nous vîmes le caïque, le long canot, qui se détachait lentement de la galère, plein d'hommes accroupis, vêtus de chemises blanches avec des masques rouges. L'un d'eux repoussait lentement le caïque de la carène, avec une longue rame. « Hélas ! pensai-je, les faux-saulniers s'échappent, par cette nuit sans garde ! » Mais le Vogue-avant m'entraîna vers le bâbord. Nous marchâmes lentement entre les corps endormis, serrant notre chaîne des doigts. Le petit canot était à bâbord.

Nous y fûmes en un instant. Il n'y eut pas un cliquetis, pas un clapotis. Le Vogue-avant était d'un pays de silence. Et, tournant autour de la poupe, évitant la lumière du fanal, nous avançâmes dans le sillage du caïque, qui balançait doucement notre canot.

Nous tremblions dans l'ombre, de peur d'un coup de rame maladroit ou d'un appel. Mais nous voyions plus clairement la frange lumineuse de la côte et la grève noire où la mer brisait son écume. Nous voyions aussi les feux blancs, ce qui n'était pas leur couleur propre, mais celle de grandes masses livides devant lesquelles ils brûlaient. Et nous entendions le crépitement singulier des flammes, lorsqu'elles lançaient leurs éclats jaunes.

Les masques rouges des hommes du caïque étaient faits de leurs vestes dont ils s'étaient enveloppé la tête, et qu'ils avaient trouées. À une encablure de la côte, nous vîmes que les masses livides étaient des meules de sel, allongées en arrière, distantes l'une de l'autre d'environ dix toises ; devant chacune brûlait un feu, et à côté de chaque feu, nous aperçûmes des femmes qui y jetaient le sel du roi.

Le caïque touchait terre, que nous étions encore dans le ressac. Les faux-saulniers masqués de rouge bondirent sur la grève, et, chacun sans doute reconnaissant sa fille fidèle, la saisit soudain ; une seconde, et ils avaient disparu dans la nuit.

Mais nous, à la vue de cette côte inconnue et désolée, de ces masses livides de sel et de ces feux crépitants, nous fûmes étreints d'horreur ; et le Vogue-avant, criant : « Allah ! » se rejeta dans le fond du canot, sans vouloir aborder.

Cependant que nous hésitions, une flamme jaillit, avec une détonation : c'était le Coursier qui tirait l'alarme. Un long gémissement chanté retentit sur la galère ; nos camarades pleuraient *maluré* comme au second appel, quand les officiers supérieurs nous visitent.

Égarés, nous reprîmes les rames, et nous retournâmes vers la mer.

Le canot sifflait sur l'eau ; le choc contre la carène nous fit chanceler ; nous nous glissâmes dans un sabord ouvert. On entendait le bruit des pieds de tous les galériens sur le pont ; nous nous mêlâmes à nos camarades, tête basse. Par l'écoutille de la chambre aux tollards, les quatre figures pâles des faux-saulniers enchaînés et saignants apparaissaient, tordues de désespoir ; car leurs amis les avaient oubliés ; et sur la Bancasse, le haut-banc d'où le chapelain dit la messe, et d'où il élève pour nous l'hostie, le capitaine chancelant levait le fanal du timonier, tandis qu'il faisait défiler deux à deux, pour connaître les fuyards, nos compagnons de chaîne.

La flûte

À Rachilde.

La tempête nous avait poussés très loin des côtes où nous avions accoutumé de faire la course. Pendant de longues journées sombres, le navire avait plongé, le nez en avant, à travers les masses d'eau verte crêtelées d'écume. Le ciel noir semblait se rapprocher de l'Océan, même au-dessus de nos têtes ; l'horizon seul était entouré d'une marque livide, et nous errions sur le pont comme des ombres. Des fanaux pendaient à chaque vergue, et le long de leurs verres suintaient perpétuellement les gouttes de pluie, si bien que la lumière en était incertaine. À l'arrière, les hublots de l'habitacle du timonier luisaient d'un rouge transparent et humide. Les hunes étaient des demi-cercles d'obscurité ; de la noirceur supérieure, dans les sautes de vent, émergeaient les voiles blêmes. Quelquefois les lanternes, en se balançant, faisaient se refléter des lueurs de cuivre dans les poches d'eau des prélarts qui couvraient les canons.

Nous chassions ainsi sous le vent depuis notre dernière prise. Les grappins d'abordage pendaient encore le long de la carène ; et l'eau du ciel avait lavé et massé, en s'écoulant, tous les débris du combat. Car dans des tas confus gisaient encore des cadavres vêtus d'étoffes à boutons de métal, des haches, des sabres, des sifflets, des tronçons de chaînes et des cordages, avec des boulets ramés ; des mains pâles étreignaient les crosses de pistolet, les pommeaux d'épée ; des faces mitraillées, mi-couvertes par les cabans, ballottaient dans les manœuvres, et on glissait parmi des morts détrempés.

Cet ouragan sinistre nous avait ôté le courage de déblayer. Nous attendions le jour pour reconnaître nos compagnons, et les coudre dans leurs sacs ; et le vaisseau de prise était chargé de rhum. Plusieurs barriques avaient été amarrées, tant au pied du mât de misaine qu'au mât d'artimon ; et beaucoup d'entre nous, cramponnés autour, tendaient leurs gobelets ou leurs bouches aux jets bruns que chaque coup de tangage faisait jaillir, parmi les ronflements liquides.

Si la boussole ne nous trompait pas, le navire courait au sud ; mais l'obscurité et l'horizon désert ne nous donnaient aucun point de repère pour la carte marine. Une fois nous crûmes voir des élévations obscures à l'ouest, une autre, des grèves pâles ; mais nous ne savions si les hauteurs étaient des montagnes ou des falaises et la pâleur des grèves pouvait être la mer blafarde qui battait des brisants.

À de certains moments nous aperçûmes à travers la pluie fine des feux d'un rouge brumeux ; et le capitaine héla au timonier de les éviter. Car nous nous savions signalés et poursuivis ; et les feux étaient peut-être des brûlots, ou si nous longions, sans les voir, des côtes inhospitalières, nous pouvions craindre les signaux traîtres des naufrageurs.

Nous passâmes le fleuve d'eau chaude qui parcourt l'Océan : quelque temps, les embruns furent tièdes. Puis nous pénétrâmes de nouveau dans l'inconnu.

Et c'est alors que le capitaine, ignorant ce que l'avenir nous réservait, fit siffler le rassemblement. Là, dans la nuit, quelques hommes tenant des lanternes, notre troupe se réunit sur la dunette, et le capitaine d'armes nous divisa en groupes, et on entendit des chuchotements ténébreux. Le trésorier tira des numéros d'un sac à poudre, et nous annonça nos parts. Ainsi chacun reçut ce qui lui revenait du butin de notre croisière, tant sur les vêtements, tant sur les provisions, tant sur l'or et l'argent, et les bijoux trouvés aux mains, aux cous et dans les poches des hommes et femmes des vaisseaux pillés.

Puis on nous fit rompre, et nous nous écartâmes silencieusement. Ce n'était pas ainsi que le partage se faisait d'ordinaire, mais près de notre îlot de refuge, à la fin de l'expédition, le navire gonflé de richesses, et parmi des jurons et des querelles sanglantes. Pour la première fois il n'y eut pas un coup de couteau, pas un pistolet déchargé.

Après le partage le ciel s'éclaircit graduellement et l'obscurité commença à s'ouvrir. D'abord des nuages roulèrent, et les brumes se déchirèrent ; puis le cercle livide de l'horizon se teignit d'un jaune plus éclatant ; l'Océan refléta les choses avec des couleurs moins sombres. Une tache illuminée marqua le soleil ; quelques rayons s'épandirent au loin, en éventail. La houle fut orangée, violette et pourpre ; et des hommes crièrent de joie, parce qu'ils voyaient flotter des algues.

Le soir tomba sous un embrasement pesant, et nous fûmes réveillés par la lumière bleue et pâle du matin dans les mers australes. Nos yeux inaccoutumés à la blancheur chaude nous faisaient mal ; et nous nous ruâmes aux bastingages, sans rien voir, quand la vigie annonça : « Terre droit devant. » Une heure après, le ciel étant d'un bleu épais, nous aperçûmes une ligne brune, à l'extrémité de l'Océan, avec un liséré d'écume.

On mit le cap dessus. Des oiseaux blancs et rouges rasèrent les cordages. Les vagues charriaient des bois multicolores. Puis un point mouvant nous apparut : sur la mer très opaque, sous le soleil incandescent, il semblait rose, et quand il s'approcha, nous vîmes que c'était un canot ou une pirogue. Cette embarcation n'avait pas de voile, et elle paraissait dépourvue de rames.

Elle se dirigeait cependant par le travers de nous ; mais, quoiqu'on la hélât, rien n'y était visible. À mesure que nous avancions, nous entendions seulement venir avec la brise un son doux et paisible, si modulé qu'il ne pouvait être confondu avec la plainte de la mer ou la vibration des cordes tendues à nos voiles. Ce son, d'une tristesse calme, attira nos compagnons aux deux flancs du vaisseau, et nous regardions curieusement la pirogue.

Comme le gaillard d'avant piquait le fond d'une grande lame, le mystère de l'embarcation fut éclairci. Elle était en bois de couleur ; les rames semblaient parties à la dérive, et un vieillard y était couché, un pied nu posé sur la barre du gouvernail. Sa barbe et ses cheveux blancs encadraient tout son visage ; sauf un manteau rayé, dont les pans étaient rabattus sur lui, il n'avait aucun vêtement ; et il tenait à deux mains une flûte dans laquelle il soufflait.

Nous amarrâmes la pirogue, sans qu'il voulût se déranger ; ses yeux étaient vagues, et peut-être était-il aveugle. Son âge devait être très grand, car les tendons de ses membres transparaissaient sous la peau. On le hissa jusque sur le pont et on l'étendit au pied du grand mât, sur une toile goudronnée.

Alors, sans cesser de tenir sa flûte d'une main contre sa bouche, il allongea un bras et mania tout autour de lui, en tâtonnant. Et il mit la main sur la confusion d'armes, de boulets à chaînes et de cadavres qui tiédissaient au soleil ; il promena ses doigts sur le tranchant des haches et caressa la chair meurtrie des visages. Puis, il retira sa main, et les yeux pâles et vides, la figure tournée vers le ciel, il souffla dans sa flûte.

Elle était noire et blanche, et sitôt qu'elle retentit parmi nous, elle parut un oiseau d'ébène poli, tacheté d'ivoire, et les mains transparentes voletaient autour, comme des ailes.

Le premier son fut grêle et mince, chevrotant comme la voix que le vieillard aurait pu avoir, et nos cœurs furent pénétrés du passé, du souvenir des vieilles qui avaient été nos grands-mères, et du temps innocent où nous étions enfants. Tout le présent s'enfonça autour de nous ; et nous hochions la tête en souriant ; nos doigts voulaient faire mouvoir des jouets, et nos lèvres étaient mi-closes, comme pour des baisers puérils.

Puis le son de la flûte enfla, et ce fut un cri de passion tumultueuse. Devant nos yeux passèrent des choses jaunes et des choses rouges, la couleur de la chair, la couleur de l'or, et la couleur du sang. Nos cœurs gonflèrent, pour répondre à l'unisson, et la folie des jours qui nous avaient entraînés au crime tourbillonna dans nos têtes. Et le son de la flûte s'accrut, et ce fut la voix sonore des tempêtes, et l'appel du vent au brisement de la vague, le fracas des carènes éventrées, le hurlement des hommes qu'on saigne à la gorge, la terreur des figures noircies à la suie, qui montent à l'abordage, le sabre aux dents, la plainte des boulets ramés et l'explosion d'air des carcasses de navires qui sombrent. Et nous écoutions en silence, au milieu de notre propre vie.

Tout à coup le son de la flûte fut un vagissement ; on entendit la lamentation des enfants qui viennent au monde, un cri si faible et si plaintif qu'il y eut un hurlement d'horreur. Car nous voyions d'un même moment, les yeux subitement éclairés de l'avenir, ce que nous ne pouvions plus avoir et ce que nous détruisions éternellement, la mort de l'espérance pour les errants de la mer, et les existences futures que nous avions anéanties. Nous-mêmes, sans femmes, rouges de meurtre, épanouis d'or, nous ne pourrions jamais entendre la voix des enfants nouveaux ; car nous étions damnés au balancement des flots, soit que le pont dansât sous nos pieds, soit que notre tête, coiffée du bonnet noir, dansât à la corde d'une vergue : notre vie perdue sans espoir d'en créer d'autres.

Et Hubert, le capitaine d'armes, jura la mort, arracha au vieillard l'oiseau d'ébène taché de blanc : le son périt, et Hubert jeta la flûte dans la mer. Les yeux vagues du vieil homme tressaillirent, et ses membres anciens se raidirent, sans qu'on pût rien entendre. Quand nous le touchâmes, il était déjà froid.

Je ne sais si cet homme étrange appartenait à l'Océan, mais sitôt qu'il l'eut atteint, quand nous l'envoyâmes rejoindre sa flûte, il s'y enfonça et disparut avec son manteau et sa pirogue ; et jamais plus le cri d'un enfant qui naît ne parvint à nos oreilles sur la terre ou sur la mer.

La charrette

À Octave Mirbeau.

Tu l'as ? souffla Charlot à son camarade dont la tête apparut soudain près du timon de la charrette. Le marchepied luisait comme un couteau carré. Les buissons noirs semblaient étendre des centaines de bras. Une bouffée de vent éteignit la lanterne.

– Qui a fait ça ? dit l'homme – sa voix basse pressée. – Charlot, m'entends-tu ? Pourquoi as-tu éteint ? je ne vois plus cette chose luisante…

– Alors viens par ici ; qu'est-ce que t'as ? Charlot lui tendit les bras, et l'homme se hissa par la roue. – T'es en placc, dit-il ; je touche le cheval. – Mets-le entre nous, sur le banc ; ça sera en sûreté. Ils ont gueulé, hein ?

L'essieu gémit ; les sabots de la bête claquèrent, et il y eut une sonnerie de petits grelots qui pendaient au collier et aux blanchets.

– Pas ça, dit l'homme ; bon Dieu, pas ça ! Pourquoi que tu n'as pas coupé les grelots ? Ça, dans la nuit, ça s'entend. Je ne supporte plus ce bruit. Déjà assez du couteau que tu as mis après la charrette.

– Quel couteau ? dit Charlot. C'est la lune qui fait ça sur le marchepied. Ils s'en doutaient, dis, les vieux, qu'on viendrait leur prendre ?

– Je ne les avais jamais vus comme ça. Ils couraient de-ci de-là dans la bauge comme dans une étable à porcs. Ils mettaient le nez aux quatre fenêtres ; on aurait dit les groins des cochons par les claires-voies. Il avait son bonnet de nuit, et les cheveux blancs de la vieille lui pendaient sur la gueule. Ça tremblait et ça ne pouvait pas crier. Ça ne grognait même pas. Un coup que je suis entré, ils avaient l'air des rats blancs qu'on montre en cage, à la foire, et qui font marcher leurs yeux rouges. Ils levaient le gros dos, dans les coins.

– Et quand ils ont entendu sonner les pièces ?

– Je n'ai pas trouvé ça tout de suite. Ah, bougre ! C'était rudement caché. Il y avait bien trois cent cinquante piles de vieilles blouses dessus. Je leur ai dit que c'était pour toi, ton dû, quoi… que nous en avions besoin pour l'embarquement, que tu leur renverrais ça en or rouge et en billets verts, quand tu aurais gagné, dans les bestiaux, là-bas… tous les boniments, tous les boniments… Alors ils mettaient leurs deux pauvres figures l'une contre l'autre : « Nous ne pouvons pas, qu'ils disaient, non, nous ne pouvons pas. » Ils se serraient au mur comme deux bêtes qui ont peur.

– T'as eu chaud, avec mes chaussons ? Hein ? Tes pieds auraient crié ; ils ne t'auraient pas laissé entrer. Je les mettais toujours.

– Pour sûr ! Il étendit les jambes dans la botte de paille dénouée, qui s'éparpillait sous le siège.

– Ils ont rien dit quand tu es parti ?

– Charlot – pourquoi fais-tu ça ? – Ôte ce couteau ; ça fait froid…

– Mais je te dis que c'est la lune sur le montoir, mon vieux.

La charrette sortait de l'ombre des haies. La route courait plate sous la lune, blanche et bleue. Le vent s'était élevé vers les régions supérieures, et les nuages gris passaient rapidement sur le ciel.

L'homme se prit à dormir, et Charlot le regarda en maniant les rênes. Sa tête rebondissait sur sa poitrine à tous les cahots. Il avait saisi le banc de la main droite et s'y cramponnait.

La charrette tressautait et l'homme n'entendait plus les sons aigres des grelots. Le cheval fuyait parallèlement aux nuages. Il y avait de longs peupliers gris qui trempaient dans des prairies à demi inondées, vaguement miroitantes. Les têtes des chênes mutilés avaient poussé des rameaux écarquillés comme les doigts surjetés d'un homme qui se noie. Les bouleaux semblaient nus, avec des meurtrissures blanches. D'étroites bandes herbues frissonnaient et portaient à l'extrémité un bouquet de roseaux tremblants.

Puis le vent descendit et les nuages s'unirent à l'Occident. Les peupliers courbés se plaignirent. On entendait susurrer les touffes de gui au corps des chênes. L'eau des prés inondés fut clapoteuse, et les herbes entraînées eurent un balancement inquiet. Un souffle passa sur les brins de paille épars dans la charrette et la crinière du petit cheval se hérissa. Le collier fut secoué, avec tous ses grelots. La pluie tomba, oblique, acérée.

Charlot la souffrit en silence. Les gouttes pendaient à sa casquette, et de longues raies humides marquaient son menton. Quand ses avant-bras furent mouillés, il eut un frémissement le long du dos, et sentit le besoin de parler. Il toucha son compagnon.

– Quoi, dit l'homme, il n'est pas jour. On a le temps.

– C'est un grain, répondit Charlot, un grain dans la nuit. On en aura comme ça avant d'être en Amérique.

– Eh ben, oui, dit l'homme. Après ? laisse-moi dormir.

– Moi, je ne peux pas, reprit Charlot. Tout de même – les vieux ont été rosses – ah ! – c'est eux qui l'ont voulu – mais on en a pour du temps, en bateau, avant de s'établir là-bas. Qu'est-ce que tu as pris, dis – écoute ?

– Tu le sais bien, Charlot, ce que j'ai pris. Tout ce que tu avais dit. Là. Je dors. J'en peux plus.

– Après tout, dit Charlot, j'ai bien tort de me donner du tourment. Quand il n'y en avait plus, chez eux, il y en a encore. Ils savent où le terrer, les gueux. J'ai crevé la misère, pendant qu'ils s'engraissaient de noce. C'est à eux, maintenant, à se faire du mauvais sang.

Le ciel s'éclaircissait à l'est, et une rafale froide enfla leurs vêtements. La lumière fut rapidement livide. Les brumes s'étiraient sur l'inondation. L'eau était couleur de plomb. Charlot vit la figure de son compagnon, jaune et bleuâtre aux joues et sous les yeux, avec un foulard tordu au cou. Sa main avait glissé sur la banquette et y avait marqué des doigts. Charlot regarda les traces rouges noirâtres et secoua le dormeur.

– Ah ! assez, dit l'homme. Au point du jour ! Quoi, est-on là ? qu'est-ce que tu veux ?

– Ça, dit Charlot, comme étranglé. Il y a du sang sur le bois.

– Eh ben, je me serai cogné en montant, dit l'homme en mâchant ses mots.

– Des doigts, cria Charlot, des doigts rouges ! Tu ne les as pas…

– Et comment aurais-tu fait ? Tu demandais s'ils avaient gueulé. Oui, qu'ils gueulaient, assez pour faire descendre toute la gendarmerie. Quoi, tu voulais t'en aller avec de l'argent ? Ben, tu l'as.

Le paquet blanc sonnant, entre les deux hommes, s'était embu sous la pluie, comme avec des taches de lie de vin.

Charlot tira l'homme, lâcha les rênes, et ils chancelèrent tous deux jusque sur la route. L'homme, à demi renversé, se tint au marchepied de fer et jura.

– C'est pas tout, dit Charlot, où sont mes chaussons ?

– Ils doivent être dans la paille, là, dit l'homme. On va voir. Ils fouillèrent des deux côtés, mais ne trouvèrent rien.

Les joues blanches de Charlot tremblaient.

– Tu les as laissés à la maison ! cria-t-il.

– Je me souviens pas, dit l'homme. Peut-être que je les ai quittés, parce que j'avais patouillé dans le sang. Il regarda ses souliers. Une ligne rougeâtre divisait la semelle de l'empeigne.

– On va me reconnaître ! cria Charlot. Tu as laissé mes chaussons dans la chambre !

Mais l'homme ne répondit rien. Il avait pris une poignée de terre humide, et essuyait les pointes de ses pieds. Charlot fit le tour de la charrette et poussa un cri :

– Il y a du sang au montoir !

Le marchepied luisant semblait un couteau d'exécution.

Ils s'agenouillèrent tous deux dans l'ornière profonde ; et tandis que le cheval les éclaboussait du sabot, sous la lueur blême de l'aube, ils frottèrent patiemment le tranchant de fer avec de la vase.

La cité dormante

À Léon Daudet.

La côte était haute et sombre sous la lueur bleu clair de l'aube. Le Capitaine au pavillon noir ordonna d'aborder. Parce que les boussoles avaient été rompues dans la dernière tempête, nous ne savions plus notre route ni la terre qui s'allongeait devant nous. L'Océan était si vert que nous aurions pu croire qu'elle venait de pousser en pleine eau par un enchantement. Mais la vue de la falaise obscure nous troublait ; ceux qui avaient remué les tarots dans la nuit et ceux qui étaient ivres de la plante de leur contrée, et ceux qui étaient vêtus de façon diverse, quoiqu'il n'y eût pas de femmes à bord, et ceux qui étaient muets ayant eu la langue clouée, et ceux qui, après avoir traversé, au-dessus de l'abîme, la planche étroite des flibustiers, étaient demeurés fous de terreur, tous nos camarades noirs ou jaunes, blancs ou sanglants, appuyés sur les plats-bords, regardaient la terre nouvelle, tandis que leurs yeux tremblaient.

Étant de tous les pays, de toutes les couleurs, de toutes les langues, n'ayant pas même les gestes en commun, ils n'étaient liés que par une passion semblable et des meurtres collectifs. Car ils avaient tant coulé de vaisseaux, rougi de bastingages à la tranche saignante de leurs haches, éventré de soutes avec les leviers de manœuvre, étranglé silencieusement d'hommes dans leurs hamacs, pris d'assaut les galions avec un vaste hurlement, qu'ils s'étaient unis dans l'action ; ils étaient semblables à une colonie d'animaux malfaisants et disparates, habitant une petite île flottante, habitués les uns aux autres, sans conscience, avec un instinct total guidé par les yeux d'un seul.

Ils agissaient toujours et ne pensaient plus. Ils étaient dans leur propre foule tout le jour et toute la nuit. Leur navire ne contenait pas de silence, mais un prodigieux bruissement continu. Sans doute le silence leur eût été funeste. Ils avaient par les gros temps la lutte de la manœuvre contre les lames, par le calme l'ivresse sonore et les chansons discordantes, et le fracas de la bataille quand des vaisseaux les croisaient.

Le Capitaine au pavillon noir savait tout cela, et le comprenait seul ; il ne vivait lui-même que dans l'agitation, et son horreur du silence était telle que pendant les minutes paisibles de la nuit, il tirait par sa longue robe son compagnon de hamac, afin d'entendre le son inarticulé d'une voix humaine.

Les constellations de l'autre hémisphère pâlissaient. Un soleil incandescent troua la grande nappe du ciel, maintenant d'un bleu profond, et les Compagnons de la Mer, ayant jeté l'ancre, poussèrent les longs canots vers une crique taillée dans la falaise.

Là s'ouvrait un couloir rocheux, dont les murs verticaux semblaient se rejoindre dans l'air, tant ils étaient hauts ; mais au lieu d'y sentir une fraîcheur souterraine, le Capitaine et ses compagnons éprouvaient l'oppression d'une extraordinaire chaleur, et les ruisselets d'eau marine qui filtraient dans le sable se desséchaient si vite que la plage entière crépitait avec le sol du couloir.

Ce boyau de roc débouchait dans une campagne plate et stérile, mamelonnée à l'horizon. Quelques bouquets de plantes grises croissaient au versant de la falaise ; des bêtes minuscules, brunes, rondes ou longues, avec de minces ailes frémissantes de gaze, ou de hautes pattes articulées, bourdonnaient autour des feuilles velues ou faisaient frissonner la terre en certains points.

La nature inanimée avait perdu la vie mouvante de la mer et le crépitement du sable ; l'air du large était arrêté par la barrière des falaises ; les plantes semblaient fixes comme le roc, et les bêtes brunes, rampantes ou ailées, se tenaient dans une bande étroite hors de laquelle il n'y avait plus de mouvement.

Or, si le Capitaine au pavillon noir n'avait pas songé, malgré l'ignorance de la contrée où ils étaient, que les dernières indications des boussoles avaient porté le navire vers le Pays Doré où tous les Compagnons de la Mer désirent atterrir, il n'eût pas poussé plus loin l'aventure, et le silence de ces terres l'eût épouvanté.

Mais il pensa que cette côte inconnue était la rive du Pays Doré, et il dit à ses compagnons des paroles émues qui leur mirent des désirs variés au cœur. Nous marchâmes tête basse, souffrant du calme ; car les horreurs de la vie passée, tumultueuses, s'élevaient en nous.

À l'extrémité de la plaine nous rencontrâmes un rempart de sable d'or étincelant. Un cri s'éleva des lèvres déjà sèches des Compagnons de la Mer ; un cri brusque, et qui mourut soudain, comme étranglé dans l'air, parce que dans ce pays où le silence paraissait augmenter, il n'y avait plus d'écho.

Le Capitaine pensant que cette terre aurifère était plus riche au-delà des levées de sable, les Compagnons montèrent péniblement ; le sol fuyait sous nos pas.

Et de l'autre côté, nous eûmes une étrange surprise ; car le rempart de sable était le contrefort des murailles d'une cité, où de gigantesques escaliers descendaient de la route de garde.

Pas un bruit vital ne s'élevait du cœur de cette ville immense. Nos pas sonnaient tandis que nous passions sur les dalles de marbre, et le son s'éteignait. La cité n'était pas morte, car les rues étaient pleines de chars, d'hommes et d'animaux : des boulangers pâles, portant des pains ronds, des bouchers soutenant au-dessus de leurs têtes des poitrines rouges de bœufs, des briquetiers courbés sur les chariots plats où les rangées de briques scintillantes s'entrecroisaient, des marchands de poissons avec leurs éventaires, des crieuses de salaisons, haut retroussées, avec des chapeaux de paille piqués sur le sommet de la tête, des porteurs esclaves agenouillés sous des litières drapées d'étoffes à fleurs de métal, des coureurs arrêtés, des femmes voilées écartant encore du doigt le pli qui couvrait leurs yeux, des chevaux cabrés, ou tirant, mornes, dans un attelage à chaînes lourdes, des chiens le museau levé ou les dents au mur. Or toutes ces figures étaient immobiles, comme dans la galerie d'un statuaire qui pétrit des statues de cire ; leur mouvement était le geste intense de la vie, brusquement arrêtée ; ils se distinguaient seulement des vivants par cette immobilité et par leur couleur.

Car ceux qui avaient eu la face colorée étaient devenus complètement rouges, la chair injectée ; et ceux qui avaient été pâles étaient devenus livides, le sang ayant fui vers le cœur ; et ceux dont le visage autrefois était sombre présentaient maintenant une figure fixe d'ébène ; et ceux qui avaient eu la peau hâlée au soleil, s'étaient jaunis brusquement, et leurs joues étaient couleur de citron ; en sorte que parmi ces hommes rouges, blancs, noirs et jaunes, les Compagnons de la Mer passaient comme des êtres vivants et actifs au milieu d'une réunion de peuples morts.

Le terrible calme de cette cité nous faisait hâter le pas, agiter les bras, crier des paroles confuses, rire, pleurer, hocher la tête à la manière des aliénés ; nous pensions qu'un de ces hommes qui avaient été en chair peut-être nous répondrait ; nous pensions que cette agitation factice arrêterait nos réflexions sinistres ; nous pensions nous délivrer de la malédiction du silence. Mais les grandes portes abandonnées bâillaient sur notre route ; les fenêtres étaient comme des yeux fermés ; les tourelles de guetteurs sur les toits s'allongeaient indolemment vers le ciel. L'air semblait avoir un poids de chose corporelle ; les oiseaux, planant sur les rues, au bord des murs, entre les pilastres, les mouches, immobiles et suspendues, paraissaient des bêtes varicolores emprisonnées dans un bloc de cristal.

Et la somnolence de cette cité dormante mit dans nos membres une profonde lassitude. L'horreur du silence nous enveloppa. Nous qui cherchions dans la vie active l'oubli de nos crimes, nous qui buvions l'eau du Léthé, teinte par les poisons narcotiques et le sang, nous qui poussions de vague en vague sur la mer déferlante une existence toujours nouvelle, nous fûmes assujettis en quelques instants par des liens invincibles.

Or, le silence qui s'emparait de nous rendit les Compagnons de la Mer délirants. Et parmi les peuples aux quatre couleurs qui nous regardaient fixement, immobiles, ils choisirent dans leur fuite effrayée chacun le souvenir de sa patrie lointaine ; ceux d'Asie étreignirent les hommes jaunes, et eurent leur couleur safranée de cire impure ; et ceux d'Afrique saisirent les hommes noirs, et devinrent sombres comme l'ébène ; et ceux du pays situé par-delà l'Atlantide embrassèrent les hommes rouges et furent des statues d'acajou ; et ceux de la terre d'Europe jetèrent leurs bras autour des hommes blancs et leur visage devint couleur de cire vierge.

Mais moi, le Capitaine au pavillon noir, qui n'ai pas de patrie, ni de souvenirs qui puissent me faire souffrir le silence tandis que ma pensée veille, je m'élançai terrifié loin des Compagnons de la Mer, hors de la cité dormante ; et malgré le sommeil et l'affreuse lassitude qui me gagne, je vais essayer de retrouver par les ondulations du sable doré, l'Océan vert qui s'agite éternellement et secoue son écume.

Le pays bleu

À Oscar Wilde.

Dans une ville de province que je ne saurais plus retrouver, les rues montantes sont vieilles et les maisons vêtues d'ardoises. La pluie coule le long des pilotis sculptés et ses gouttes tombent à la même place, avec le même son. Les petites fenêtres rondes se sont enfoncées dans les murs, comme pour se garer des coups. Il n'y a de hardi, parmi ces ruelles, que le lierre à la pointe des portes et la mousse à la crête des murs : car les feuilles sombres et luisantes du lierre avancent leurs dents, et la mousse ose envelopper les grosses pierres extérieures de son velours jaune – mais les êtres sont aussi fugitifs que l'ombre des fumées.

Là sont encore des fanaux rougeâtres attachés aux linteaux, et des chandelles minces dans les chandeliers d'étain, et des paquets d'allumettes soufrées, et de petits carreaux pleins d'ombre et de poussière derrière lesquels dorment d'étranges petits flacons où les liqueurs étaient autrefois vertes et bleues. Des cornettes froncées tremblent aux vitres, et parfois on aperçoit de pâles visages d'enfants et des doigts frêles qui agitent un pantin décoloré, une oie de bois ou une balle demi-bariolée.

Là, un soir d'hiver, sous un porche noir, une petite main froide se glissa dans la mienne, et une voix d'enfant murmura à mon oreille : « Viens ! » Nous montâmes un escalier dont les marches vacillaient ; il était tordu en spirale et une corde servait de rampe ; les fenêtres étaient jaunes de lune et une porte solitaire battait, agitée par le vent. La petite main froide me serrait le poignet.

Quand nous entrâmes dans la chambre, fermée de quatre planches disjointes, avec un loquet de ficelle, une chandelle bruissante fut allumée et fichée dans une bouteille. À côté de moi, tenant ma main, était une fillette de treize ans ; ses cheveux fins couleur d'or tombaient sur ses épaules et ses yeux noirs brillaient de satisfaction. Mais elle était maigre et menue, et sa peau avait la nuance que donne la faim.

– Je m'appelle Maïe, dit-elle, et, tendant le doigt : « Pas que tu as eu peur, affreux monstre, quand je t'ai pris la main ? »

Puis, elle me mena autour de la chambre. – « Bonjour, ma belle glace, dit-elle ; tu es un peu cassée, mais ça ne fait rien. Voilà un ami très gentil que je te présente. – Bonjour, ma vilaine table, qui n'a que trois pattes ; tu es vilaine, mais je t'aime tout de même. – Bonjour, ma cruche, qui n'a plus de gueule ; ça ne m'empêchera pas de t'embrasser pour boire ton eau. – Bonjour, mon chez-moi, je te salue syndicalement : aujourd'hui j'ai de la société. »

J'avais mis, je crois, un peu d'argent sur la pauvre table. Maïe me sauta au cou. « Tu veux bien, dit-elle, je vais chercher un grand pain, un pain de six livres. – Au revoir, mon chez-moi : soyez sage pendant mon absence ; il y a un vieux cahier d'images dans le coin. »

Elle remonta gravement, le menton sur le pain poudré de farine, les deux bras dessous, et les mains tenant son tablier gonflé. Elle fit tout rouler par terre. « Vois-tu, dit-elle, j'ai acheté des marrons ; comme ça je ne serai pas en peine ; ça bourre, ça nourrit, et j'en ai pour mon hiver. » Elle les rangea un à un, à plat, dans le tiroir de la table, leur rit avant de le fermer et s'assit sur le lit. Puis elle prit le grand pain et mordit à même le croûton ; à mesure qu'elle mangeait, sa petite figure avançait dans la brèche et elle me regardait sans cesse, pour voir si je me moquais d'elle.

Quand elle eut mangé, elle soupira. « J'avais faim, dit-elle. Et Michel aussi, probable. Où est-il encore, ce garnement ? – Tu sais, Michel est un petit garçon très malheureux, qui n'a plus ni mère, ni père ; il est affreux ; il est bossu ; il m'aide à faire mon feu et va me chercher mon eau ; ça fait qu'il mange avec moi, et je lui donne des sous, quand j'en ai. »

On entendit un cliquetis de sabots, et la ficelle du loquet tressaillit. – « Le voilà, » dit Maïe. Je vis entrer un avorton blême, les mains et le nez noirs de charbon, sa culotte courte ouverte au vent : il me tira la langue et me fit une longue grimace avec sa bouche. – « Allons, Michel, reste tranquille, dit Maïe. Tu ferais mieux d'écouter Monsieur qui te parle. Va vite. » Michel remonta avec la bouteille de vin doux que je lui demandais.

Le petit poêle de fonte avait été rempli et allumé. Il y avait un peu de bois de démolition, encore taché de ciment. Les châtaignes rôtissaient sur le couvercle : Maïe les avait mordues, pour leur donner de l'air. Elles éclataient parfois et Maïe les grondait : « Vilains marrons, voulez-vous bien ne pas sauter ? » Cependant elle recousait la doublure de finette d'un corsage. L'aiguille y passait avec un crissement doux. La lueur du poêle tombait sur ses mains agiles, et faisait briller l'étoffe. Michel, accroupi, fermait les yeux à la chaleur.

– Je couds, je couds, dit Maïe. J'aurai cinq sous. Pas, c'est bien payé ? Donne-moi un peu de vin doux, monstre. Bois le fond : je ne veux être ni mariée ni pendue.

Dans son langage enfantin elle me conta sa vie. Elle ne savait ni bien, ni mal. Elle avait erré dans la campagne, avec d'horribles garçons, pour jouer la comédie. À neuf ans, elle était princesse au fond d'une grange, les pieds nus dans la paille, et une couronne de papier d'or sur la tête. Elle savait encore des tirades de ses rôles, et m'en récita. « Oh ! il y avait une belle pièce, dit-elle. Ça s'appelait, je crois, le *Pays Bleu*. On ne voyait pas qu'il était bleu, mais on se figurait, tu comprends. Les montagnes étaient bleues, les arbres bleus, l'herbe bleue et les bêtes bleues. Et je disais : « Prince, voici le palais du roi mon père ; il est d'acier fort et la porte de fer rouge, gardée par un dragon à triple gueule. Si vous voulez obtenir ma main… » Hou – c'est un marron qui vient de sauter. Michel, épluche donc les marrons au lieu de dormir. Est-ce que c'est vrai qu'il y a un pays bleu ? Je suis sûre que j'y serais ; mais on a mis en prison tous les gars qui jouaient avec moi. On prétend qu'ils volaient dans les maisons. Un jour un garde est venu, et il leur a dit, et il leur a dit… ça ne fait rien, je ne me rappelle plus – mais je ne les ai pas revus. Et depuis je demeure en ville ; mais c'est triste. Il pleut tout le temps. On ne voit que des ardoises et des petites boutiques noires. »

Ainsi elle jasait ; puis elle se mit en colère : « Michel, je t'ai défendu de salir la chambre avec tes épluchures. Ramasse-les. Oh gueux ! Tiens ! » Elle ôta une bottine et la lui jeta à la tête. Sa figure était rouge, et ses yeux étincelants.

– Tu ne peux pas te figurer comme il est méchant. J'en endure avec lui !

Cependant, je dus quitter la petite Maïe ; mais je promis de revenir. Je la voyais chaque jour, et elle cousait sans cesse, devant son poêle. Maintenant elle assemblait de singuliers costumes avec des chiffons de couleur. Sa peau reprenait de la vie ; Maïe mangeait enfin. Mais elle devenait triste, à mesure que la misère s'en allait. Elle regardait tomber la pluie. « Monstre, vilain monstre », disait-elle, l'œil vide et les lèvres molles. Une fois, entrebâillant la porte, je la vis devant la glace brisée, ses cheveux d'or sur les seins à peine formés, une couronne de papier découpée avec des ciseaux sur la tête. Quand elle m'entendit, elle la cacha. « Michel est méchant, dit-elle : il ferait un beau dragon. »

L'hiver touchait à sa fin. Le ciel était encore sombre, mais quelques rayons faisaient luire le bord des ardoises. La pluie tombait moins dru.

Un soir, je trouvai la chambre vide. Il n'y avait plus ni table, ni chaise, ni poêle, ni cruche. En regardant par la fenêtre, il me sembla que des épaules contournées disparaissaient au fond de la cour. Et, à la lueur du rat-de-cave qui me servait pour monter l'escalier, je vis une pancarte épinglée au mur, avec ces mots écrits en grosses lettres :

Bonsoir, mon chez-moi. Maïe et Michel sont partis pour le pays bleu.

Le retour au bercail

À Catulle Mendès.

C'était un dimanche après midi et les cloches sonnaient. Le soleil éclairait la moitié des rues montantes qui menaient au bal. On y voyait passer des bandes de filles en cheveux, un ruban au cou, avec le nœud tourné sur le côté ; elles riaient et jacassaient en se tenant les bras. Passant devant le garde municipal, elles le saluaient d'un air moqueur et entraient dans la salle de danse.

La lumière crue qui tombait du plafond exagérait la pâleur du visage des femmes. Elles tournaient par couples dans le grand carré autour duquel refluait une bande d'hommes serrés. Sur les bancs, dans l'enceinte réservée à la danse, des familles entières étaient assises, les mères, enveloppées d'un fichu noir, tenant parfois un enfant dans les bras ; des petits garçons et des petites filles de trois ou quatre ans qui suçaient des sucres d'orge ou qui, cramponnés aux jupes, écarquillaient les yeux. De temps à autre une fille, tordant la queue de sa robe, venait se rasseoir près d'eux. L'une, avec sa masse de cheveux châtains relevée en cimier de casque, le buste droit, les épaules pleines, portait la tête en impératrice, ayant le nez busqué, la bouche arquée, le sourire plein de défi. Elle dansait le quadrille en soulevant à peine son jupon de deux doigts et passait parmi les entrechats des danseurs, le masque blême. Elle semblait ignorante de tous les gestes et de toutes les provocations et son léger balancement sur les hanches était un salut à peine consenti par sa fierté.

Soudain il se fit un grand tumulte dans la salle. Une armée de nouveaux venus avait envahi l'entrée. Ils étaient accoutrés de la façon la plus étrange et paraissaient monter de la foire du boulevard Rochechouart. En tête marchait un pitre coiffé d'un gibus trop bas ; sa face colorée était complètement glabre et sa bouche mince descendait aux coins vers le pli des joues. Il portait un long habit jaune tacheté en léopard dont les boutons étaient une multitude de petits miroirs. Puis venaient confusément des clowns bleus et rouges ; des pierrots blancs aux yeux noircis sous la farine ; des lutteurs avec des maillots lâches, un caleçon de peau, des bras tatoués et des bracelets de fourrure aux poignets et aux chevilles ; des ballerines dont les jupes de gaze étaient semées de découpures noir et or ; des arlequins moulés dans un collant fait de losanges multicolores, à ceinture de cuir, à souliers ouverts ; ils avaient des membres nerveux, cinglaient l'air d'une batte, et, sous leur bicorne, un loup d'étoffe, par les trous duquel leurs yeux pétillaient, rendait leur figure railleuse ; des crieurs de boniment, à houppelande bariolée ; des banquistes et des joueurs de gobelet, des montreurs d'entre-sort, des faiseurs de poids, des équilibristes et des jongleurs, des nains et des naines, des vendeurs de secrets, des arracheurs de dents, des jocrisses et des paillasses. Et parmi cette foule il y avait une drôle de petite créature qui pouvait être âgée de vingt-cinq ou de soixante ans, qui tortillait son buste développé sur une paire de jambes trop courtes, et se dandinait comme un oison.

Enfin une troupe de femmes turques, blondes et brunes, s'était ruée sur le parquet de danse ; elles agitaient leurs larges pantalons de satin, les faisaient bouffer, levaient leurs bras, un peu jaunes, secouaient leurs vestes courtes, les doigts passés dans leurs grandes ceintures, et entrechoquaient toutes les piécettes sonnantes et les oripeaux de leurs cheveux.

L'une, habillée tout de rouge, avec des sequins dorés sur le front, avait des cheveux noirs en frisons ; elle était souple et se mit tout de suite à danser, la tête penchée. Elle souriait aux avances, pliait effrontément les mains, levait la jambe en chahuteuse, haussait les épaules pour une Carmen qui faisait le grand écart à un bout de la salle, donnait, sur les bras de ceux qui ne prenaient pas garde aux figures du quadrille, des coups secs avec le revers de la main, parlait en zézayant, le nez retroussé au vent, et quêtant les regards du pitre couvert de petits miroirs.

Et, de l'autre côté, casquée de ses cheveux, avec ses grands yeux calmes, son nez en lame mince, son profil impérial, ses mouvements sobres, la danseuse fière continuait le quadrille. Le pitre la vit aussitôt, louvoya vers elle et, lui faisant face, lança d'extraordinaires coups de pied, tandis que ses bras s'écartaient et s'abaissaient comme des ailes de moulin.

Elle le regardait avec beaucoup de sang-froid, tandis que la petite Orientale rouge lui jetait des œillades furieuses. Finalement, comme la musique du quadrille cessait, le pitre empoigna la danseuse blême par la taille et la porta dans le fond de la salle, où sous une sorte de voûte, on servait des consommations à des tables de bois. Elle ne cria pas, elle ne fit pas d'effort pour se dégager : mais elle fouettait rapidement de ses doigts la figure du pitre qui grimaçait.

Elle se laissa asseoir sur un banc sans mot dire, trempa ses lèvres dans un verre de punch, et regarda fixement dans le vague un point mystérieux, au-dessus de la tête du pitre qui étalait ses manches, faisait claquer son chapeau à ressort, clignait des yeux et étincelait de toutes ses glaces.

Cependant la brune, avec sa veste et son pantalon rouges, s'était enfuie vers l'entrée, secouée par de grands sanglots. Elle ne cessait de dire : « Je veux m'en aller, je veux m'en aller ! » Puis elle s'affaissa sur une chaise, devant une petite table peinte : ses larmes traçaient des ruisseaux noirs dans la poudre de riz qui couvrait sa figure et elle déchirait son mouchoir avec ses dents.

J'étais là, et j'essayai de lui parler pour la consoler. Mais elle me repoussa des deux bras et continua de sangloter ; ses épaules remontaient par saccades, à cause des hoquets, et elle s'enfonçait la figure entre les mains. Enfin, parmi ses pleurs, elle me dit qu'elle aimait ce pitre à la folie – mais que sa conduite prouvait bien qu'il était un ingrat ; puis elle se mit en colère, et cria des injures ; puis elle pleura de nouveau ; et elle remuait toujours la tête en disant : « Je veux m'en aller, je veux m'en aller ! »

Enfin, elle vida son cœur, et voici ce qu'elle dit : « J'ai assez de ton Paris qui mange, qui dévore, qui vomit tout ; les maisons sont remplies de femmes qui meurent et d'hommes qui les exploitent ; tous les hôtels sont de terribles repaires ; tous les cafés sont des antres où quelque bête vous guette. Quand on s'amuse, on a du bois peint ou du gaz sur la tête ; quand on rit, on éclabousse sa poudre et on fait craquer sa peinture ; quand on pleure, on n'a pas d'endroit où on puisse poser sa tête sans entendre un ricanement. Si vous êtes malade, vous trouvez l'hôpital avec ses lits blancs qui ont déjà l'air de linceuls. Vous êtes salie avant d'avoir aimé ; et si vous aimez, une autre vous trahit. Les rues sont pleines d'affamés de pain et d'amour. On vole partout, ici. On vole dans votre poche et on vole dans votre cœur. Personne n'a rien d'assuré ; rien n'est solide, même pas les vêtements (elle mettait son costume en lambeaux). Personne n'a pitié de vous ; ni les hommes qui rient, ni les femmes qui vous en veulent, ni les terribles enfants, plus cruels que tous. J'ai vu une femme, par une nuit d'hiver, sous une porte-cochère, avec une troupe de jeunes gens qui la raillaient, et la malheureuse pleurait, pleurait. On n'a pas le temps d'avoir pitié. À peine si on a le temps de faire pitié. On passe du salon d'un café au trottoir de la devanture, et puis au tas que les balayeurs enlèvent le matin. C'est très vite fait : trois ans, quatre ans – à la hotte, tout ça !

« Je veux m'en aller. Je retournerai chez nous, à la campagne. »

Je lui demandai ce qu'elle était, là-bas.

– Ce que je suis ? Gardeuse de cochons, sauf vot'respect. Ah ! comme je vais m'amuser ! Vous ne savez pas ? On a le ciel bleu sur la tête, du bon air, de la bonne eau, du bon pain. Il y a Piârre qui me donnera du lait. Nous prendrons des cigales dans les champs. Nous leur tresserons des cages, à l'ombre. Nous fouetterons toutes nos bêtes, les noires et blanches surtout, qui ont une queue tortillée et qui sont goinfres. Nous verrons coucher le soleil. Nous serons pleins de boue, crottés, rouges, contents…

Et l'odalisque s'enfuyant, gagna la porte et disparut. Alors, parmi les lustres qui s'allumaient, parmi la fumée des cigares qui montait sous le plafond, je crus voir Paris embrasé par un immense coucher de soleil, avec des reflets sanglants aux bals et aux cafés, tandis que sur les routes blanches, un peu rosées sous les derniers rayons, on voyait s'éloigner, vers leurs provinces, des files de petites gardeuses de cochons, retour de la capitale, avec le mouchoir aux yeux et le baluchon sur l'épaule.

Cruchette

À W.-G.-C. Byvanck.

As-tu encore un peu d'eau dans la cache, frangin ? – je me meurs… dit Jambe-de-Laine.

– Nib de lance, répondit Silo ; mais Cruchette va venir.

Les cailloux semblaient rouges, tant le soleil ensanglantait les yeux. La bruyère était sèche ; les clochettes bleues s'abattaient sur la mousse brûlée. Il y avait un petit bois de chênes-nains, au bout de la lande, et le cri des oiseaux y sonnait frais. Assis parmi les meules pierreuses, Silo et Jambe-de-Laine, épuisés de chaleur, frappaient mollement les cailloux de leurs masses de plomb.

– Eh ben, si t'avais été Joyeux, Petite-Jambe, dit Silo, t'aurais crampsé sur la route ou au fond d'un trou. Hardi, la gradaille va rappliquer ; t'as des bras de lait, pauvre petit homme. Tiens, j'te vas éclater ton fade d'cailloux. Gare, j'pique au tas.

– J'ai mal, dit Jambe-de-Laine, soulevant à peine sa tête pâle.

– Va donc, soldat, reprit Silo, est-ce qu'on meurt dans les champs de pierres ? Voilà Cruchette ; n'y a pas de fouant ; tout est franc comme l'or ; nous allons boire, enfin !

Derrière les monceaux de cailloux parut la figure craintive d'une fille brune ; elle guetta les alentours, s'essuya les joues et apporta une cruche à l'ombre de la meule où travaillaient Silo et Jambe-de-Laine.

– Cruchette, Cruchette, dit Silo, mon copain est malade. Donne-lui un coup d'eau fraîche ; c'est un bon garçon, il a de la peine. Je vas vous laisser ; si le sergent vient, défilez-vous par le fossé : moi je vas refaire le manche à ma masse.

Cruchette se glissa timidement jusqu'aux pierres. Le bourgeron levé sur le pot, Jambe-de-Laine y but longtemps ; puis il regarda les yeux de la fille. « Et c'est tout ? » dit-il.

– Comme tu voudras, répondit Cruchette.

On ne les surveillait pas beaucoup. Les sergents passaient toutes les heures, sachant que les hommes punis de prison préfèrent le travail de cailloux au peloton de chasse. De l'appel du matin à l'appel du soir, le calot baissé sur les yeux, ils maniaient la masse de plomb et rentraient dans la prison pendant la nuit. Silo ayant servi en Afrique, connaissait les compagnies où l'on peine sous le revolver. Il avait la figure osseuse et tannée, des membres longs et l'œil féroce. Jambe-de-Laine venait on ne sait d'où. Il était faible, paresseux et lâche. Mais son sourire était tendre, ses yeux pleins de charme et sa démarche très nonchalante.

Silo et Jambe-de-Laine devinrent comme deux frères. L'ancien qui avait sué dans des trous au pays du soleil, eut pour le jeune une grande sollicitude. D'ordinaire il doublait son travail en cassant les pierres de Jambe-de-Laine. Et lorsque celle qu'ils avaient appelée Cruchette apparaissait, vers le milieu du jour, Silo la menait vers « le petit frère qui avait les foies blancs ».

– Tiens Cruchette, disait-il – et, crachant de côté : « Petit, voilà de quoi boire, passe ta peine. »

Et d'où venait Cruchette ? Comme un papillon qui vole autour d'une chandelle, cette fille à la cruche errait parmi les prisonniers. Elle leur tendait le pot et la bouche ; elle ne parlait presque pas, et pleurait avec les plus jeunes. Quelquefois elle avait des genêts dans les cheveux, les mains terreuses, les seins parfumés de foin. Si elle se sentait les joues rouges, elle les appuyait au ventre brun de sa cruche pour les pâlir. Elle paraissait aimer son pays et ses landes pierreuses.

– Cruchette, lui dit Jambe-de-Laine, étendu dans le fossé, une main derrière la tête, ce n'est pas une vie. J'ai encore quarante jours à tirer. Veux-tu nous en aller ?

Cruchette le regarda avec de grands yeux.

– Oui, reprit Jambe-de-Laine, on en a parlé déjà avec Silo. La mer n'est pas loin et ça le connaît. Il y a une crique par là. On démarrera un canot. Nous irons en Angleterre. Sur les quais de là-bas, on trouvera bien à s'embaucher. J'apprendrai le métier. Ça nous mènera dans les Indes où les hommes sont couleur de cuivre. Si nous avons de la chance, nous irons dans leurs montagnes qui sont pleines d'or et nous ferons ce que nous voudrons.

Cruchette secoua la tête. Deux gouttelettes transparentes coulèrent sur ses joues. Jambe- de-Laine lui caressa les cheveux. « Laisse-moi pleurer, dit-elle ; ça me fera du bien. Comment veux-tu que j'aille ? Mes pieds sont nus. On me chassera de tous les bateaux. Je ne sais pas ce que c'est que les Indes ; ici j'aime mes fleurs jaunes et mes hommes qui travaillent dans les cailloux, et je leur donne à boire. Mais tu ne t'en iras pas, petit ami ? »

Jambe-de-Laine haussa les épaules.

L'heure chaude passait. Silo siffla doucement, pour avertir que le sergent arrivait. Tous deux, accroupis, soulevèrent la masse et l'abattirent avec un roulement de pierres. Puis les ombres s'allongèrent. On entendit des voix. Au commandement, des hommes en bourgerons se levèrent, et vinrent en file déposer aux pieds du chef d'escouade leurs marteaux de plomb. Puis se forma la colonne par quatre, pour entrer au quartier. On ne fit pas l'appel avant de remettre les soldats en prison où les gamelles pleines étaient rangées sur les bat-flancs. Mais le soir, quand le commandant de poste, lanterne au poing, compta ses prisonniers dans la salle dallée, il lui manquait deux hommes : Jambe-de-Laine et Silo.

Ils avaient roulé leurs bourgerons et leurs calots sous les pierres. Nu-tête, la chemise ouverte, ils suivaient la lisière de la route vers la mer. La brise de la nuit soufflait. Jambe-de-Laine marchait plus lentement :

– Allons, dit Silo, t'es plus dans la peine, mon gars ; t'as des plumes aux pattes, comme les chouans qui volent le soir.

L'air était salé. Ils ne dirent plus rien, tandis que leurs godillots faisaient crier la terre sèche. Les haies blanches de brume, noircissaient derrière eux. À l'horizon des moulins à vent sombres faisaient tourner leurs ailes encore un peu rougies de soleil.

– Et Cruchette ? dit Silo tout à coup. – Va donc – nous en retrouverons, dans les Indes, des Cruchettes avec des yeux doux. Mais mon gars, maintenant t'es plus dans la peine, y aura part à deux.

Jambe-de-Laine ne répondit pas. Il était las, peut-être. La lande s'abaissait, grise, vers la mer ; on entendait les lames qui brisaient. Par le sentier de ronde, Silo mena son camarade à la petite crique où une barque, rames rentrées, était couchée sur le sable. Comme ils s'approchaient, de l'intérieur de la barque surgit une forme féminine :

– Je m'en vas avec vous, dit-elle en riant à travers ses pleurs.

– Cruchette, dit Jambe-de-Laine, viens-nous-en ! Cruchette est venue !

– Pour moi, mon gars, répondit Silo d'une voix profonde.

– Pour moi, mon vieux, cria Jambe-de-Laine.

– Dis donc, on n'est plus sur les cailloux, ici.

– On fait ce qu'on veut ; j'ai plus besoin de toi.
– Cruchette, dit Silo.
– Cruchette, dit Jambe-de-Laine.

Et elle courut entre eux deux : car l'un en face de l'autre, près de la barque et du flot qui tremblait, à la lueur de la lune montante, ils avaient tiré leurs couteaux blancs.

Bargette

À Maurice Pottecher.

À la jonction de ces deux canaux, il y avait une écluse haute et noire ; l'eau dormante était verte jusqu'à l'ombre des murailles ; contre la cabane de l'éclusier, en planches goudronnées, sans une fleur, les volets battaient sous le vent ; par la porte mi-ouverte, on voyait la mince figure pâle d'une petite fille, les cheveux éparpillés, la robe ramenée entre les jambes. Des orties s'abaissaient et se levaient sur la marge du canal ; il y avait une volée de graines ailées du bas automne et de petites bouffées de poussière blanche. La cabane semblait vide ; la campagne était morne ; une bande d'herbe jaunâtre se perdait à l'horizon.

Comme la courte lumière du jour défaillait, on entendit le souffle du petit remorqueur. Il parut au-delà de l'écluse, avec le visage taché de charbon du chauffeur qui regardait indolemment par sa porte de tôle ; et à l'arrière une chaîne se déroulait dans l'eau. Puis venait, flottante et paisible, une barge brune, large et aplatie ; elle portait au milieu une maisonnette blanchement tenue, dont les petites vitres étaient rondes et rissolées ; des volubilis rouges et jaunes rampaient autour des fenêtres, et sur les deux côtés du seuil il y avait des auges de bois pleines de terre avec des muguets, du réséda, et des géraniums.

Un homme, qui faisait claquer une blouse trempée sur le bord de la barge, dit à celui qui tenait la gaffe :

– Mahot, veux-tu casser la croûte en attendant l'écluse ?

– Ça va, répondit Mahot.

Il rangea la gaffe, enjamba une pile creuse de corde roulée, et s'assit entre les deux auges de fleurs. Son compagnon lui frappa sur l'épaule, entra dans la maisonnette blanche, et rapporta un paquet de papier gras, une miche longue et un cruchon de terre. Le vent fit sauter l'enveloppe huileuse sur les touffes de muguet. Mahot la reprit et la jeta vers l'écluse. Elle vola entre les pieds de la petite fille.

– Bon appétit, là-haut, cria l'homme ; nous autres, on dîne.

Il ajouta :

– L'Indien, pour vous servir, ma payse. Tu pourras dire aux copains que nous avons passé par là.

– Es-tu blagueur, Indien, dit Mahot. Laisse donc cette jeunesse. C'est parce qu'il a la peau brune, mademoiselle ; nous l'appelons comme ça sur les chalands.

Et une petite voix fluette leur répondit :

– Où allez-vous, la barge ?

– On mène du charbon dans le Midi, cria l'Indien.

– Où il y a du soleil ? dit la petite voix.

– Tant que ça a tanné le cuir au vieux, répondit Mahot.

Et la petite voix reprit, après un silence :

– Voulez-vous me prendre avec vous, la barge ?

Mahot s'arrêta de mâcher sa liche. L'Indien posa le cruchon pour rire.

– Voyez donc – *la barge !* dit Mahot. Mademoiselle Bargette ! Et ton écluse ? On verra ça demain matin. Le papa ne serait pas content.

– On se fait donc vieux dans le patelin ? demanda l'Indien.

La petite voix ne dit plus rien, et la mince figure pâle rentra dans sa cabane.

La nuit ferma les murailles du canal. L'eau verte monta le long des portes d'écluse. On ne voyait plus que la lueur d'une chandelle derrière les rideaux rouges et blancs, dans la maisonnette. Il y eut des clapotis réguliers contre la quille, et la barge se balançait en s'élevant. Un peu avant l'aube, les gonds grincèrent avec un roulement de chaîne et, l'écluse s'ouvrant, le bateau flotta plus loin, traîné par le petit remorqueur au souffle épuisé. Comme les vitres rondes reflétaient les premières nuées rouges, la barge avait quitté cette campagne morne, où le vent froid souffle sur les orties.

L'Indien et Mahot furent réveillés par le gazouillis tendre d'une flûte qui parlerait et de petits coups piqués aux vitres.

– Les moineaux ont eu froid, cette nuit, vieux, dit Mahot.

– Non, dit l'Indien, c'est une moinette ; la gosse de l'écluse. Elle est là, parole d'honneur. Mince !

Ils ne se tinrent pas de sourire. La petite fille était rouge d'aurore, et elle dit de sa voix menue :

– Vous m'aviez permis de venir demain matin. Nous sommes demain matin. Je vais avec vous dans le soleil.

– Dans le soleil ? dit Mahot.

– Oui, reprit la petite. Je sais. Où il y a des mouches vertes et des mouches bleues, qui éclairent la nuit ; où il y a des oiseaux grands comme l'ongle qui vivent sur les fleurs ; où il y a du pain dans les branches et du lait dans les noix, et des grenouilles qui aboient comme les gros chiens et des choses… qui vont dans l'eau, des… citrouilles – non – des bêtes qui rentrent leurs têtes dans une coquille. On les met sur le dos. On fait de la soupe avec. Des… citrouilles. Non… je ne sais plus… aidez-moi.

– Le diable m'emporte, dit Mahot. Des tortues peut-être ?

– Oui, dit la petite. Des… tortues.

– Pas tout ça, dit Mahot. Et ton papa ?

– C'est papa qui m'a appris.

– Trop fort, dit l'Indien. Appris quoi ?

– Tout ce que je dis, les mouches qui éclairent, les oiseaux et les… citrouilles. Allez, papa était marin avant d'ouvrir l'écluse. Mais papa est vieux. Il pleut toujours chez nous. Il n'y a que des mauvaises plantes. Vous ne savez pas ? J'avais voulu faire un jardin, un beau jardin dans notre maison. Dehors, il y a trop de vent. J'aurais enlevé les planches du parquet, au milieu ; j'aurais mis de la bonne terre, et puis de l'herbe, et puis des roses, et puis des fleurs rouges qui se ferment la nuit, avec de beaux petits oiseaux, des rossignols, des bruants, et des linots pour causer. Papa m'a défendu. Il m'a dit que ça abîmerait la maison et que ça donnerait de l'humidité. Alors je n'ai pas voulu d'humidité. Alors je viens avec vous pour aller là-bas.

La barque flottait doucement. Sur les rives du canal, les arbres fuyaient à la file. L'écluse était loin. On ne pouvait virer le bord. Le remorqueur sifflait en avant.

– Mais tu ne verras rien, dit Mahot. Nous n'allons pas en mer. Jamais nous ne trouverons tes mouches, ni tes oiseaux, ni tes grenouilles. Il y aura un peu plus de soleil – voilà tout. – Pas vrai, l'Indien ?

– Pour sûr, dit-il.

– Pour sûr ? répéta la petite. Menteurs ! Je sais bien, allez.

L'Indien haussa les épaules.

– Faut pas mourir de faim, dit-il, tout de même. Viens manger ta soupe, Bargette.

Et elle garda ce nom. Par les canaux gris et verts, froids et tièdes, elle leur tint compagnie sur la barge, attendant le pays des miracles. La barge longea les champs bruns avec leurs pousses délicates : et les arbrisseaux maigres commencèrent à remuer leurs feuilles ; et les moissons jaunirent, et les coquelicots se tendirent comme des coupelles rouges vers les nuages. Mais Bargette ne devint pas gaie avec l'été. Assise entre les auges de fleurs, tandis que l'Indien ou Mahot menaient la gaffe, elle pensait qu'on l'avait trompée. Car bien que le soleil jetât ses ronds joyeux sur le plancher par les petites vitres rissolées, malgré les martins-pêcheurs qui croisaient sur l'eau, et les hirondelles qui secouaient leur bec mouillé, elle n'avait pas vu ses oiseaux qui vivent sur les fleurs, ni le raisin qui montait aux arbres, ni les grosses noix pleines de lait, ni les grenouilles pareilles à des chiens.

La barge était arrivée dans le Midi. Les maisons sur les bords du canal étaient feuillues et fleuries. Les portes étaient couronnées de tomates rouges, et il y avait des rideaux de piments enfilés aux fenêtres.

– C'est tout, dit un jour Mahot. On va bientôt débarquer le charbon et revenir. Le papa sera content, hein ?

Bargette secoua la tête.

Et le matin, le bateau étant à l'amarre, ils entendirent encore des coups menus piqués aux vitres rondes :

– Menteurs ! cria une voix fluette.

L'Indien et Mahot sortirent de la petite maison. Une mince figure pâle se tourna vers eux, sur la rive du canal ; et Bargette leur cria de nouveau, s'enfuyant derrière la côte :

– Menteurs ! Vous êtes tous des menteurs.